目次

第一章　清少納言

清少納言　せいしょうなごん

生没年不詳。平安中期の女流随筆家・歌人。父は清原元輔。橘則光、のち藤原棟世と結婚。正暦年間（九九〇―九九五）一条天皇中宮定子（藤原定子）に出仕した。随筆『枕草子』は、和漢に通じた教養、鋭い感覚、機知にあふれる。家集『清少納言集』。中古三十六歌仙の一人。

千年の友人

古典文学の作者に対して、女性の場合はしばしば「友達になれそう」という親近感を抱くものだが、男性はそうでもないのだ、という話を聞いたことがあります。

確かに、私が古典、それも平安時代の女性達の作品に興味を抱いたのも、初めて『枕草子《まくらのそうし》』を読んで、

「この人とは、仲良くなれる！」

と確信したことがきっかけでした。たとえば、「もののあはれ知らせ顔なるもの」の段に、「眉《まゆ》抜く」の三文字を見た時などは、「本当に……、眉毛を抜く時の顔は、『もののあはれ知らせ顔』以外の何ものでもない！」と、激しく首肯。眉毛を抜く時の人の顔、というものに注目する女性が千年前にもいたことに、感動したのです。

このように、「……もの」「……は」で始まる類聚《るいじゅ》章段を読んでいると、清少納言《せいしょうなごん》は

「あるある」の元祖と思えてきます。彼女の「あるある」感覚は、千年の時を軽々と超越するのです。

それだけではありません。眉毛から当時の貴族の勢力図までを網羅する、変幻自在な視線のズーム、そして湿度の低い性格。彼女は女に好かれる女の要素を備えているのであって、タイムスリップして彼女と手を携えたい気分に。

白洲《しらす》正子《まさこ》も、

「勝手に独り合点で清少納言を親友にする事にきめたのは、おもえば、おもえば遠い昔の話で、十二三でもありましたでしょうか」(『白洲正子 美の種まく人』二〇〇二年、新潮社)

と、書いています。この文章を読んだ時、私は軽い嫉妬《しっと》を覚えました。それは、千年前の女性に対して友情を感じることができるという事実に舞い上がっていた私が、てっきり清少納言は「私だけの親友」と思っていたが故の、嫉妬。けれどももちろんそんなはずはなく、清少納言はこの千年の間、あらゆる時代の女性達に「友達になりたい」「親友がここにいた!」と、思わせ続けてきたのです。

かくして私は、清少納言を入り口として古典の世界へと一歩足を踏み入れたのですが、しかし現代を生きる我々の友達となってくれるのは、清少納言だけではありません。ある人は紫式部《むらさきしきぶ》に、またある人は和泉式部《いずみしきぶ》に……と、友情を感じる対象は人それぞれ。そのようにして古典の世界に入っていくことができるのは、どうやら男性に比べて、他者に共感する能力を豊富に持つ女性の特権らしいのです。

本書において私は、平安時代の女性作家達の担い手達の人となりを、友人的な視線をもってご紹介していこうかと思っているのですが、まず登場してもらうのは、やはり清少納言。彼女はいったい、どのような人だったのでしょうか。

紙さえあれば

随筆の名手と言うよりは、随筆というジャンルを日本にもたらした、いわばイノベーターである清少納言は、平安中期に生まれています。曾祖父・清原深養父《きよはらのふかやぶ》は名歌人。父の元輔《もとすけ》も、村上《むらかみ》天皇によって選ばれた「梨壺《なしつぼ》の五人」の一人として『後撰和歌集《ごせんわかしゅう》』の編纂《へんさん》等をしており、清原家は和歌を得意とする家でした。

当時の貴族社会において、和歌の能力は大切なものではあったけれど、しかしそれだけで出世できたわけではありません。清原家は貴族の中では上流と言いがたく、ノンキャリの公務員家系、といった感じか。元輔の社会的地位もそう高くはなく、地方で国司を務める受領《ずりよう》階級として、世を渡っていたのです。

清少納言が生まれたのは、元輔が六十歳近くなってからのことでした。年をとってから生まれた女の子ですから、さぞや可愛がられて育ったことでしょう。その上、彼女の才気は幼い頃から感じられたに違いありませんから、元輔は特別に目をかけていたのではないか。元輔の任国に、彼女が一緒について行ったこともあるようです。

紫式部もそうですが、平安時代に印象的な作品を書いた女性達の多くは受領階級の娘で、父親の任地へと共に赴いた人も、少なくありません。当時、都の人々にとって地方は外国のようなもの。地方での異文化体験は、彼女達に強烈な印象を残したことでしょう。

地方経験を持つ受領の娘達は、では帰国子女のようなものだったのか、という気もしますが、しかし当時は「都が一番」の時代です。今、帰国子女というとちょっとお洒落《しやれ》なイメージですが、平安貴族にとって鄙《ひな》の地での体験がお洒落だったわけではなく、転勤族の娘さんも大変ね……、といった感覚だったと思われる。名門貴族の家系とは違って自由な空気がある受領階級に生まれた、いわば二流のお嬢様である清少納言は、深窓の令嬢とは異なる経験を重ねながら、のびのびと成長していきました。

父・元輔は、幸いにして健康であり、八十歳近くなってからも、肥後守《ひごのかみ》として任官していません。その年まで働き続けなくてはならなかった、ということでもありましょう。元輔は八十三歳で没したので、清少納言は二十五歳頃まで、父という後楯《うしろだて》を持つ生活をすることができたのです。

清少納言がいかにして『枕草子』を世に残すこととなったのかといえば、そこには彼女のキャリアライフが関係しています。彼女は十六、七歳で、やはり受領層の青年である橘 則光《たちばなののりみつ》と結婚し、一児をもうけます。しかし二十代半ばで、夫と別離。少し前には父が亡くなっていたので、彼女にとっては後楯を二人とも失う事態となりました。

その頃にもたらされたのが、時の一条《いちじょう》天皇の中宮《ちゅうぐう》である定子《ていし》様に、女房すなわち女官として出仕しないか、という話。今の世も離婚後に働き始めるシングルマザーがいるものですが、清少納言としても似たような感覚だったのかもしれません。

当時の有力な女性達は、その周囲にいかに素敵な女房達をはべらせるかに、心を配っていました。身分の高い女房、美人の女房、センスが良い女房など、様々な特質を持った女房達が、高貴な女性の周辺には集められることに。女房達の資質や能力が、形成された女主人の立場を装飾したのであり、女主人を中心としたサロンのようなものが、形成されていたのです。

清少納言はそんな中で、中宮定子の文芸担当女房としてスカウトされたようです。この時はまだ随筆を書いてはいなかったと思われますが、和歌の名手である元輔の末娘ということで、文芸の才に秀でているという評は立っていたのでしょう。

この時、清少納言は二十代後半。当時としてはじゅうぶんな大人ですが、出仕したての頃は緊張の連続であった様子が、『枕草子』には記されています。中宮と、その周囲を固める一流女房達のサロンに新入りとして入っていくのですから、緊張するのも無理はありません。

しかし清少納言は、すぐに馴染《なじ》んでいったようです。主人である中宮定子は、清少納言よりも十歳ほど年下。まだ十代ではありましたが、清少納言のことを気に入って、新入りの頃から親しみを示しています。定子は時の関白である藤原道隆《ふじわらのみちたか》の娘ですが、道隆もまた、清少納言の存在を面白がっているのであり、そんな定子とその一族に、清少納言も憧《あこが》れと忠誠心を抱いていくのです。

ミーハー心はたっぷりもっている清少納言ですから、きらきらした宮中生活にも、すぐ目を輝かせるようになります。時の権力者である道隆やその息子の伊周《これちか》、はたまた藤原行成《ゆきなり》や藤原斉信《ただのぶ》といった名だたる貴公子達とのコミュニケーションを楽しみながら、才気あふれる応対で人気者となっていくのでした。

そんな日々の中で、清少納言の中には、様々な〝種子〟が溜《た》まっていったのでしょう。胸の内に溜めこまれた話の種子がふくらんでいくうちに、それらを外に出したくてたまらなくなり、彼女は紙に綴るようになったのではないか。紙に綴ることによって種子はますます生長し、やがて『枕草子』として結実したのです。

とはいえ紙が貴重だった当時、権力者の近くにいなくては、まとまった量の紙を手に入れることは不可能。中宮定子の女房であったからこそ、清少納言は『枕草子』を記すことができたのです。

『枕草子』には、紙についての印象的な記述があります。世の中に腹が立ち、生きているのが嫌になって、どこかへ行ってしまいたいと思うような時、真っ白できれいな紙と筆が手に入ればすっかり気分が晴れて、「まぁいいか、このまましばらくは生きていられそう」と思うのだ、と。

私は彼女のこの気持ちに、ハッとさせられます。彼女の中には、表現したいことが山のようにあった。それを紙に書き記せば、胸に溜まっているものが排出できてすっきりすることはわかっていても、紙はやたらと使えるものではない。そんな時に白い紙と筆が手に入ったら……。

紙など使い放題、のみならずネット上にもいくらでも書きたいことを書くことができる今の私達にとって、彼女が抱いていた紙に対する飢餓感を本当に理解することは、できません。つらい時や悩ましい時、思いの丈を「書く」という行為がいかに精神を楽にさせてくれるかを思えば、「紙が無い」という不幸をどうにかしてあげたい、と思う。

そんな気持ちになったのは、私だけではないようです。彼女が、「つらい時も、白い紙があれば生きていこうと思える」とつぶやいた、少し後のこと。清少納言は、ある事で思い悩むあまり、宮中から実家に戻っていました。するとそこに、見事な紙の束が届いたではありませんか。

贈り主は、定子様。「とくまゐれ」、すなわち「早く出ていらっしゃい」とのお言葉も、添えてあります。私が言ったことを覚えていて下さったなんて……と、清少納言は感激し、

「かけまくもかしこき神のしるしには　鶴の齢《よわい》となりぬべきかな」

と、御礼の歌を定子様へ送りました。神＝紙、というわけで、鶴ほどにも長生きしてしまいそうに有難い……という気持ちを伝えたのです。いただいた紙を冊子に仕立てようかどうしようか、などと騒いでいるうちに、彼女の心からモヤモヤはすっかり消えていました。

この時に定子様から賜った紙に、清少納言が何を書いたかは、わかりません。しかし彼女の胸には常に「外に出したいこと」が溜まっていたと思えば、定子様の粋な計らいに対して、私までお礼を申し上げたいような気持ちになってくるのでした。

のしかかる「家」の重圧

清少納言の父である清原元輔は、「梨壺の五人」の一人に選ばれるという高名な歌人だったわけですが、では清少納言にとって和歌とは、どのような存在だったのでしょうか。和歌の家に生まれた才女、そして、

「夜をこめて鶏《とり》の虚音《そらね》ははかるとも　よに逢坂《あふさか》の関は許さじ」

という『枕草子』に記される歌が百人一首にも採られている彼女ですから、和歌はお手の物だったはず。

……と思われがちですが、しかし彼女は、和歌を詠むことが好きではありません。『枕草子』には、五月のある日、ほととぎすの声を聞くべく、女房仲間に声をかけてピクニックへと出かけた清少納言の様子が記されています。遊ぶのに夢中で、歌を詠むことなどすっかり忘れていた彼女ですが、何かといえば歌を詠むのがこの時代のお

約束。帰ってきてから中宮定子に、

「どんな歌を詠んだの？」

と聞かれて、困ってしまうのです。

定子とのやりとりの後、清少納言は定子にある宣言をします。それはすなわち、

「もう、歌は詠みたくありません」

というもの。私も歌がまったく詠めないというわけではないけれど、歌詠みの子孫としては、立派な歌をいつも詠めるようでないと、父親に対しても申し訳ないというもの。だからもう詠みたくないのだ、と。

定子は笑って、

「だったらもう、詠めとは言わないわ」

と、清少納言の宣言を認めるのでした。その後は、定子の兄の伊周が遊びに来て、皆で歌を詠んでいる時もしらんぷり、という徹底ぶり。

清少納言はつまり、歌詠みの家に生まれたジュニアとしての苦悩の中にいるのです。我々には想像がつきにくいことですが、当時の貴族達にとって、「上手に歌を詠まなくては」というプレッシャーは、相当のものだったと思われます。友人同士の間であれ男女間であれ、時を選ばずに突然、詠みかけられたのが、和歌。それに素早く、上《う》

手《ま》く返さなくてはならないのですから。

「心もとなき（＝じれったい）もの」について記してある段では、「人からの歌に、早く返さなくてはならないのに、なかなかうまく詠めない時」はじれったい、とされています。先方から懸想《けそう》されている時はそれほど急がなくてもよいけれど、とはいえ急ぐべき時もある。女同士のやりとりの時は、焦るあまりつまらない間違いをしてしまうことも……と、さらに続くのです。それはまるで、今の若者達がＬＩＮＥの返信をすぐしなくては、と焦るかのようなのですが、平安時代の和歌の場合は、ただ即レスすればいいだけでなく、質も伴わなくてはならないのが大変なところでした。

いつどんな場合でも、歌詠みの子孫としては上手に返さなくてはならない。そう思うと彼女の心はどんよりとし、父の名を汚さないためにも、

「もう、歌は詠みたくありません」

という宣言につながったのでしょう。

平安貴族にとって、和歌の教養は欠かせないものでした。色恋の現場でも大活躍する道具でしたし、またさきほどのエピソードのように、ピクニックのようなイベントの折は、歌を詠むことによって、その様子を皆に伝えることができた。後者のような使い方を見ると、和歌は今で言うＳＮＳのような役割も果たしていたのでしょう。

いつでも、どこでも詠むことができる和歌。それは、一対一の秘め事の時に使うこともできれば、自分の体験を大勢に知ってもらうために使うこともできるという、万能コミュニケーションツールだったのです。

そんな和歌を「詠みたくない！」と言い張った清少納言は、今の世で言うなら「私、スマホは持たない主義ですので」と言うようなもの。かなり独特な存在感だったと思われますが、しかし彼女は、「和歌に頼らなくてもどうにかなる」という自信を持っていたからこそ、そのような宣言に至ったように思うのです。

『枕草子』のある段には、字が上手いことで今もなお高名な藤原行成が、清少納言のところに「餅餤《へいだん》」というお菓子を送ってきた、ということが記されています。お菓子に添えられていたのは、公文書を模して記された手紙。この贈り物に対して「何を返せばいいのかしら」と悩んだ清少納言は、

「餅餤《へいだん》を自分で持ってこないしもべは、冷淡と思われることよ」

と赤い紙に記し、紅梅の枝に結んで返したのです。

すると行成は、「しもべが参りましたよ」と、さっそく自らやってきて、

「ああいう贈り物には適当に歌でも詠んで返すのかと思ったけれど、さすが！」

と、「餅餤《へいだん》」と「冷淡」をかけるという清少納言のウィットたっぷりの返答を激賞。

彼女は、その機知に富む性格と明るさ故に、行成のような一流貴族からも人気があったのでした。

別の段では、花がすっかり散った梅の枝が一条天皇から送られてきた、というエピソードが記されています。「これをどう見ますか」との帝《みかど》のメッセージに対して清少納言は、とある漢詩をベースに「早く落ちにけり」と返答。帝からも、「いい加減な歌など詠んで返すよりも、ずっと気が利いているね」と、お褒めにあずかったのです。

和歌を詠むことがあまりにも当たり前であったからこそ、清少納言のひねりの効いた応対は、世の男性達からおおいに賞賛されました。そしてこの、「行成さまから褒められちゃった！」「帝からも！」という、彼女の「自慢せずにはいられない」という性分を、私はニヤニヤと見守っているのです。

紫式部は、彼女のこういった部分が気に入らなかったからこそ、

「知ったかぶりの自慢しい！　ああいう女はきっとロクな死に方をしないんだからね！」

といった清少納言の悪口を、『紫式部日記』に書いたのでしょう。清少納言は、今風に言うならば自己承認欲求が強めの人で、紫式部はそれが鼻について仕方がなかっ

た。

しかし、行成や一条天皇といった当代一流の男性達から褒められて、それをアピールせずにいられましょうか。彼女の中でむずむずと蠢《うごめ》く自慢心を披露するのにも、随筆という手法は最適でした。

とはいえ彼女も、自分の自慢癖については意識している様子です。「こんなことを書いたら自慢だと思われそうだけれど、でも残さず書け、と言われたから……」といった言い訳を自慢話の最後に付け加えたりしているのがまた、可愛らしいところなのでした。

このように、和歌大好き！　というわけではなかった清少納言。彼女の場合は、能力はあるけれどあえて積極的には詠まなかった、というタイプです。しかし中には、本当に和歌が苦手な人もいたわけで、『枕草子』にはそんな人も登場します。

たとえば、豊明節会《とよのあかりのせちえ》というイベントの時の話、とある若い女房に藤原実方《さねかた》というエリートが歌を詠みかけたのに、その女房がなかなか返歌をしないので、

「どうしてこんなに気が利かないのか……」

と、周囲にいる人達がイラついていました。清少納言は、若い女房から少し離れて座っていたので、代わって詠んであげたくてもやや無理があるのですが、しかしどう

しても放っておくことができずに、とうとう代詠することに。

若い女房はこの時、「頭が真っ白」という状態だったのでしょう。私も思考の瞬発力には甚だ自信がありませんので、イベントの最中に素敵な貴公子から歌を詠みかけられる、といった事態に陥ったらフリーズ必至。生まれたのが今でよかった、と思います。

清少納言の元夫である橘則光もまた、和歌が嫌いな人でした。別れた後も、則光とはきょうだいのように親しくしていた清少納言ですが、あることで則光の鈍感さにイラついた彼女が則光に歌を詠んで差し出すと、彼は、

「歌を詠んだのか。決して拝見しませんよ」

と、扇であおいで返してきたではありませんか。

なぜ彼がそのような態度をとったのかというと、彼は日頃から、

「私のことを思ってくれる人は、歌などを詠んでよこしてはならない。そんな人は全て仇敵《きゅうてき》だと思うよ。いよいよ最後、もう別れようという時にだけ、歌を詠めばいいのだ」

などと言っていた、歌嫌いだったから。それを知っていた清少納言は、ダメ押しのように最後に歌を詠みかけると、則光との仲はそれきりになってしまったのでした。

歌をあえて「詠まない」清少納言と、「詠めない」則光。歌に対する感覚の不一致のせいで決裂してしまった、二人の仲なのです。

また或る段には、長谷寺《はせでら》にお参りに行った時のことが、記されています。途中で泊まった家で疲れて寝ていたところ、ふと目が覚めた時、秋の月の光が窓から差し込んでいたのであり、清少納言はそれを眺めつつ、

「こんな時にきっと、人は歌を詠むのでしょうねぇ」

と、思っているのです。

彼女もその気を出せば、情景を歌に詠むことはできます。しかし清少納言はあえてそうはせず、心のおもむくままに、散文を記しました。心の中に湧き上がってきたことを、三十一文字という枠からおおいにはみ出して、好きなように好きなだけ書くという手法は、彼女の闊達《かったつ》な性質に、ぴったりと合っていたのです。

和歌の家に生まれ、和歌に対するプレッシャーを感じていた清少納言であったからこそ生み出すことができた、「随筆」というジャンルと、『枕草子』という名随筆。一見、正反対のものに見える和歌と随筆の間には、少なからぬ縁がありそうなのでした。

清少納言の人気の理由

教養豊かで機転が利く性格の、清少納言。藤原行成など、当代一流の男性達からの人気も高かった、ということは前に記した通りです。

それは、「モテる」こととは一味違う感じだったのだと私は思います。打てば響く、それも予想外の響き方をする彼女の対応は、並の女性とは違っていた。性別を超越した「面白い人」として、彼女は人気があったのでしょう。

当然、そのような人は同性からも人気があります。前節でご紹介したように、

「ほととぎすの声を聞きにいかない？」

と女房仲間を誘えば、「私も行きたい！」と希望者が続出しますし、秋の夜には、やはり女房達と連れ立って、月を眺めるべく庭を散歩しています。彼女はいつも、女友達の中で楽しそうに行動しているのです。

清少納言は「面白い人」であるばかりでなく、かなりのミーハーでもありました。法華八講《ほっけはっこう》などの仏教系イベントや、賀茂《かも》神社や石清水八幡宮《いわしみずはちまんぐう》などのお祭りが、大好き。お祭りの行列を見物しに行くために、牛車《ぎっしゃ》も衣装もわざわざ素敵に整えて、早く到着

したいとイライラ。……と、今で言うなら〝パリピ〟的なノリの良さも持ち合わせており、友達として付き合うのはさぞかし楽しかろう、と思わせるのです。

定子を中心として集った女房達の女子校的な世界が、清少納言には性《しょう》に合ったと言うことができますが、ある段には、女同士での遠出の楽しさについても、記されているのでした。

当時の女性は自由に外に出ることはできず、遠出といえば長谷寺や清水寺《きよみずでら》など、泊まりがけでの寺社参りくらい。女性にとっての参籠とは、旅行のようなレジャーでもありました。

寺では、法師や他の参籠者達の様子を物珍しく眺め、他人が何を祈っているのかさえ気になってしまう、清少納言。そんな参籠の様々な楽しみを記した後、この段の最後には、

「(参籠に)召使ばかりを連れているのでは、行く甲斐《かい》もない」

と記しています。お寺に籠《こも》るのならば、「やはり同じような立場で、楽しいことについても気に入らないことについても色々とおしゃべりできる人を、一人でも二人でも大勢でも、絶対に誘いたい」、と。

普段とは全てが異なるお寺において、気の合う女友達と、ああだこうだと語り合う。

……こんな楽しいことがあろうかと彼女は思っていたわけで、私達としても「わかるわかる」と言いたくなるものです。

とはいえ彼女は、全ての女性と仲良くしているわけではありません。当時は、身分差がはっきりとしている時代。自分がお仕えしている定子さまは、年下とはいえ帝の妃《きさき》ですから、決して友達感覚で付き合うことはありません。あくまで上《うえ》つかたとして、尊敬と憧憬《しょうけい》が入り混じった視線で、定子のことを仰ぎ見ているのです。

反対に、宮中で下働きなどをしている下衆《げす》（身分が低い人の意）の女達に対しては、清少納言は決して甘い顔を見せません。下衆女が女房の真似をして赤い袴《はかま》をはいたりするとイラついていますし、下衆の家に雪が美しく降り積もることも、また月の光が差し込むことも、「もったいない」などと思っているのです。

しかし男性の中には、相手の身分などあまり気にかけない人もいます。まずまずの身分の貴族男性が、下衆女のことを親しげに名前で呼んだりすると、清少納言はやはりイラついてしまうのでした。たとえ名前を知っていたとしても、わかっていないかのように呼べばいいのに、と。

清少納言は、下衆女のことを自分と同じ人間だとは思っていません。だというのに自分と同等の身分の男性が、そんな下衆女のことを名前で呼ぶこと、つまりは人間扱いすることが、彼女としては許せない。それは彼女の差別意識が強いせいではなく、絶対的な身分制度が存在していた時代には当たり前の感覚だったと言えましょう。

そんなわけで清少納言はもっぱら、自分と同じような身分で、同じような立場の女性と、仲良くしていました。中宮に仕える彼女は、いわばキャリアウーマン。専業主婦的な立場の女性は当時も存在しましたが、その手の女性に対しては、あまり親しみを示してはいません。

たとえば二十二段には、

「前途の望みも無くただ真面目に、偽りの幸福だけを夢見ているような人は、わずらわしいし一段低く思われるので、やはりそれ相応の身分の人の娘などは宮中に出仕させて、世の中の様子も学ばせたい……」

などと書いてあります。ちなみにこの「偽りの幸福」、原文では「えせざいはひ」、すなわち「エセ幸い」と書いてあるのでした。家の中でちんまり過ごして「エセ幸い」だけを夢見ているような女のことを、清少納言は「いかがなものか」と思っていたのであり、それなりの身分のお嬢さんであっても宮仕えをさせて世間を見せた方がよいでしょうよ、というのが彼女の意見。

彼女は、このように強いキャリア志向の持ち主なのです。しかし平安時代にも、キャリアウーマンのことを悪《あ》しざまに言う男性は、いた模様。宮仕えにやりがいも誇りも感じていた清少納言は、そんな男性達にカチンときていました。

清少納言のみならず、当時の女房達は皆、キャリアウーマンに対する冷たい視線を感じた経験を持っていたでしょう。だからこそ女房同士でのおしゃべりの時間が、彼女達には絶対に必要でした。女房というのは職場に泊まり込みの仕事になりますから、互いのところにどのような男性が通ってくるか、いつ文が届いたかなど、プライベートな部分も筒抜けになる。気の合う女房仲間とは、公私ともにさらけ出し合う間柄だったのです。

女房達のシェアハウス構想のようなものも、清少納言は『枕草子』の中で披露しています。広くきれいな屋敷のあちこちに仲の良い女房達を住まわせて、何かの時には集まっておしゃべりをしたり、誰かのところに文が届いたならば一緒に見て返事を書いたりし、また誰かのところに男性が訪ねてきたならば、楽しく迎えてあげたいものよ……、と。

そういえば私も、高校生の頃に友達と、

「お互い仕事についたら、お洒落なマンションで一緒に暮らせたら楽しいね！」

「どちらかの彼が家に来た時は、さりげなく気を遣うことにしよう」

などと話していたものでしたっけ。まだその頃は、シェアハウスなどという言葉はありませんでしたが、「都会のキャリアウーマンの、自由でおしゃれな同居生活」に憧れていた我々。清少納言もまた、同じような感覚を持っていたのではないでしょうか。

そんな清少納言も、ただひたすら人間関係を楽しんでいたわけではありません。彼女が仕える中宮定子は、一条天皇の妃として順風満帆の生活を送り、定子の父である藤原道隆も、帝の外舅《がいきゅう》であり時の関白と、最高の権力を手中にしたのですが、その時代は長く続かなかったのです。

道隆は病に倒れ、やがて他界。すると道隆の嗣子《しし》である伊周と、道隆の弟である道《みち》長《なが》との権力争いが勃発《ぼっぱつ》し、伊周は失脚してしまいました。

道長は、自身の娘の彰子《しょうし》を、一条天皇に入内《じゅだい》させます。定子が皇后、彰子が中宮という異例の事態となったのですが、父は他界し兄は失脚、という後楯の無い状況で、定子は追いつめられていくことになりました。

そのような状況において、清少納言の立場も、不安定になります。「清少納言は、道長側と通じている」という噂が、立ってしまったのです。清少納言は、もちろん定子や道隆、伊周のことは大好きでしたが、道隆一家のライバルである道長のこともまた、嫌いではありませんでした。有名人好きのミーハー体質であったからこそ、「道長様、素敵！」という感覚を持っていたのではないか、という気が私はするのですが。

疑いの目が向けられる中で、清少納言は次第に出仕しづらくなり、実家に里下がりしてのひきこもり生活が、数ヶ月続きました。働くことが大好きであった清少納言は、この時に何を考えていたことでしょうか。

『枕草子』には、「ありがたきもの」と始まる段があります。「ありがたし」とは、「有る」ことが「難い」もの、すなわち「めったにないもの」という意味。「舅《しゅうと》に褒められる婿、姑《しゅうとめ》に愛される嫁、毛のよく抜ける銀の毛抜き」などと現代にも通じるあるあるネタが、この段には並ぶのです。

そんな段の最後には、

「男女の仲については、言いますまい。女同士にしても、いくら深く付き合っていても、最後まで仲が良い人はめったにいないものです」

とあるのでした。男女を問わず人気があった清少納言ですが、彼女の心の底には「男であれ女であれ、最後まで仲が良い人など、めったにいない」という、諦念《ていねん》のようなものが存在していたのです。

「女が一人で住むところは、きちんとしすぎていない方がよい」といったことが書いてある段も、あります。非の打ち所がないほどに手入れが行き届いているような家よりも、土塀などは崩れ気味、雑草が少しはえているような淋《さび》しげな住まいの方がよいのだ、と。

女房のシェアハウス計画も夢想した清少納言でしたが、それはあくまで夢の話。心の奥底では、あえて寂しげな家で一人で暮らす自分の姿を、思い浮かべていたのです。孤独に生きる時、「私は寂しくなどない」と主張することはかえってみじめ、と彼女は思っていた。

孤独への覚悟を密《ひそ》かに抱いていた、清少納言。「人間はそもそも、孤独なもの」と思っていたからこそ、彼女は人に好かれたのかもしれません。

嫌いなものは嫌い

友情であれ恋愛感情であれ、その発端は「好きなもの」の一致であることが多いものです。同じ歌手が好き。互いに酒好き。……といったことで話が盛り上がり、「じゃあ一緒にライブに」とか「今度飲みに」ということになる。

しかし、好きなものが共通することも大切ですが、人間関係を本当に深めるのに必要なのは、「嫌いなもの」の一致ではあるまいか、と私は思うのです。「したくないこと」「ダサいと思うもの」「イヤな人」……といった「嫌いなもの」が一致する時、ただの仲良しは「本当の仲良し」となる。

清少納言は好き嫌いの激しい性格ですが、彼女に対して私が、「この人とは、友達になれる！　なりたい！」と思ったのは、『枕草子』で彼女が「嫌い」な事物を記す文章に、激しく共感したからです。それはすなわち、「一緒に悪口が言えそう」という感覚でもありました。

たとえば、

「説経の講師《こうじ》は、顔よき」

という一文で始まる段。これはすなわち、「ありがたいお経を説く僧は、顔が良くなくてはダメ」という意味であり、さらに「じっと見つめてこそ、教えの尊さもわかろうというもの。よそ見をすればせっかくの教えもすぐ忘れてしまうのだから、仏罰が当たりそうに思える」……などと続くのです。よそ見をする自分も悪いけれど、自分によそ見をさせる不細工な僧にも「仏罰が当たりそう」と、清少納言は罪をかぶせているようです。

その気持ち、私もよくわかります。清少納言の時代、仏教イベントは我々にとってのライブのようなものでしたから、ステージに上がっているのが不細工な僧であったら、全く気分も上がらず、わざわざ行った甲斐がないというものでしょう。

また自分の会社員時代を思い出してみれば、自分好みの「顔よき」人が会議のメンバーに入っている時はその仕事に身が入りましたが、出席者が不細工ばかりの会議では、眠らないようにするのに必死でしたっけ。

人権意識が高まる昨今、他人の容姿を勝手にあれこれ言うことはタブーとなってきました。とはいえ人は、というか私は、口には出さなくとも、胸の中で様々な正直な感想を抱いてしまいがち。もしも清少納言と一緒に不細工な講師の説経を聞いたなら、

「あの講師、イケてなかったわね～」

「私によそ見をさせるとは、壇上に立つ資格ナシ！」

などと、語り合ってみたいものです。

良く言えば「美しいもの」が好きな清少納言は、人においては「不細工」が嫌いなのです。それは男性に限ったことでなく、同性に関しても、不細工には手厳しい。

たとえば男というもののわけのわからなさを嘆く段において、清少納言がどのような男を嘆くのかといえば、「すごい美人を捨てて、不細工な女を妻にしている男」。男たるもの、美しい女性をどうにかして手に入れようとすればいいのに、女から見ても

「どうなのよ?」と思うような女性に惚《ほ》れたりするのはわけがわからない、と。

また「見ぐるしきもの」の段では、夏の昼間に共寝をする不細工な男と女に対して、怒っています。おそらくは、よほどひどい光景を目撃したことがあるのでしょう。不細工な人が不細工な寝姿を日中に晒《さら》すな、不細工は夜に寝ろ……と、イラついているのです。

不細工嫌いな清少納言は、子供でも容赦しません。「かたはらいたきもの（いたたまれないもの）」の段で批判的に描かれるのは、自分が可愛いと思っているからといって、不細工な幼児を舐《な》めるように可愛がり、その口真似などをしてみせる親。「うつくしきもの（可愛らしいもの）」では、「なにもなにも、小さきものは、皆うつくし」と、人間の子にも動物の子にも平等に愛を注ぐ清少納言ですが、不細工な子供は、その例外になっているのです。

このようなことを書くと、清少納言は他人を容姿で判断するひどい人、と思われかねません。もちろん人権意識が発達していない当時のこと、その傾向は確かにあるのですが、彼女が本当に嫌いなのは、不細工そのものではなく、不細工を自覚せずに、放置しておくその姿勢です。

昼寝する不細工カップルについても、彼女は不細工が悪いと言っているわけではありません。「醜い寝姿をわざわざ明るいうちに人目に晒さなくてもいいのに」と、思っているのです。また幼児にしても、その子が不細工であることを自覚しているならば、そんなに大仰に可愛がられては、周囲が対応に困っていたたまれなくなるではないか、と言っている。

では、そんな彼女は美人だったのかというと、そうでもなさそうなのでした。『枕草子』の中でも、彼女は自身の容貌《ようぼう》には自信の無さそうなことを書いています。当時は髪がまっすぐで長いことも美人の条件だったのですが、髪もまた、豊かな方ではなかったらしい。

だからこそ、彼女は不細工に厳しかったのでしょう。美人には精神的な余裕があるので、不細工のことを悪しざまに言ったりはしないもの。対して容貌に自信が無い人は、自分も同類であるからこそ、不細工にカチンとくるのでした。蝦蟇《がま》を鏡の前に置くと、自らの醜さに驚いてたらーりたらーりと油をたらすそうですが、不細工が不細工を見た時もまた、「私もこんなに……」と、いやーな気持ちになる。そして「不細工に必要なものは含羞《がんしゅう》というものなのではないか。不細工っぷりをこんなに全開にしておくとはけしからん！」という気持ちになるのです。

清少納言は、不細工と同じように「下衆」を嫌うのですが、これもまた同じ理屈に基づいていると私は思います。下衆とは、貴族の身分ではない、一般庶民。下働きをする人など、貴族社会の中にも下衆の姿は垣間見《かいまみ》られたのですが、清少納言はそんな下衆が嫌いです。

「下衆の言葉には、必ずと言っていいほど余計な一言がくっついてくる」

とか、前節で述べたように、

「下衆の家に雪が降るのは、似つかわしくない。月の光がさし込むのだってもったいない！」

といったことを書いているのです。

彼女が特殊な差別主義者であったわけではありません。当時は身分制の世の中で、人権意識などが確立していたはずもない。身分が違う人のことを人とは思わないのが当然で、下衆の家が火事になった、ということをゲラゲラと笑うようなシーンまであるのです。

しかし、それでも下衆は、人間です。自分と同じ人間ではないと思おうとしているのに、時に自分の領域を侵そうとする下衆に、彼女は敵愾《てきがい》心を燃やすのでした。

たとえば、高い身分の男性のことを、

「すごくお優しくていらっしゃるの」

などと下衆女が褒めていたりすると、清少納言はその男の評判も台無しになったような気分に。女だって下衆に褒められるのは迷惑だし、かえって悪口を言われるくらいの方がいいのだ、としています。

彼女はこのように、男性が絡むと、さらに下衆に対して厳しくなるのでした。下衆女が「すごくお優しくていらっしゃるの」と男性を褒めるということは、その身分の高い男性が、下衆女に優しくしたということ。清少納言からすれば、身分の高い男性は「自分のもの」。そんな男性が自分達より下にいる下衆女のことをひとかどの人間扱いして優しくすることが許せないのですが、恋愛における嫉妬と同様に、彼女の怒りは、男にではなく、女の方に向いてしまうのでした。

こういった感覚も、彼女が一流の貴族ではなかったところから発生したものなのだと、私は思います。中宮定子のような立場であれば、下衆女がどうしようと、泰然と構えていられたことでしょう。しかし清少納言の家は、貴族の中では二〜三流といったところ。貴族の世界では中の下的な存在であったからこそ、身分の差を下から侵食しようとする下衆女に対して、腹が立ったのだと思います。

自分が美人ではなかったからこそ不細工を嫌い、自分が一流のお嬢様でなかったからこそ、下衆女を嫌う清少納言。そんな彼女は、今の世の中の基準からすれば、善人ではないのかもしれません。しかし私は、だからこそ彼女が好きなのです。

今は身分制の世の中ではありませんが、私達の心の中には、誰かを下に見たり、はたまた崇《あが》めたてたりと、人を上下に並べようとする感覚が厳然と存在し続けています。たとえば大学時代、「自分のもの」と思っていた同級生の男子達が、ものの数にも勘定していなかった遠くの女子大の学生と付き合いだしたりした時、私達は清少納言と同じように、自分の陣地を荒らされたような気持ちになったのではなかったか。

「嫌い」という感覚は、時に醜いものです。

「不細工も下衆も、同じ人間よ。仲良くしましょう」

と言うことができる人の方が、きっと来世は幸せになれるのでしょう。しかし現世の友達として面白いのは、

「○○君がさぁ、××女子大の子のことを『マユ！』とかって気安く呼んじゃってるの。なんかムカつく！」

「わかる―！」

などと言い合うことができる相手なのではないか。

そんなわけで、仏罰をも恐れず嫌いなものは嫌いと言う清少納言に私はスカッとするのですが、かといって彼女は、自分を棚に上げているわけではありません。自分の

心の中の黒い部分まで客観視した上で、客観性に欠ける他人の悪口を言うのが、彼女。その潔さもまた、彼女と友達になりたい理由の一つなのでした。

男性への絶望と希望

清少納言は、男性に対して厳しい目を持っています。特定の女性の悪口は書いていないのに、特定の男性の悪口はたくさん書いている。

たとえば源方弘《みなもとのまさひろ》という人はたいそうな粗忽《そこつ》者だったようで、『枕草子』には彼の様々な失敗談が記されています。また藤原信経《のぶつね》は、漢字も仮名もひどく下手なのでさんざん嗤《わら》ってやった、とか。質素な格好で行くのがしきたりの御嶽《みたけ》参りなのに、藤原宣孝《のぶたか》はド派手な格好で行って皆に呆《あき》れられた、とか。清少納言は、無知、無教養、空気を読まない……という男性を見ると、馬鹿にせずにはいられませんでした。

彼女は、男性に対して一種の絶望感を持っていたのかもしれません。たとえば当時は招婿《しょうせい》婚の時代だったわけですが、立派な支度を整えて娘に婿を迎えたというのに、不実な婿がすぐに通ってこなくなってしまう、といったこともあったようです。妻の許《もと》には来ないのに、仏教イベントの時は妻が乗る車の横に知ってか知らずか平気で立

っていて、周囲の人が気の毒がっていた……といったことも、『枕草子』には書いてあります。そして、

「やはり男というものは、思いやりや他人の気持ちといったことは理解できないのでしょうね」

と、締めている。

さらに、

「男というのは全くもって、奇怪な考え方をするものです」

と始まる段では、美女を捨てて不細工な女のところに走ったりする男のことを責めるのでした。手が届きそうにない身分の女性であっても、死ぬ気で追いかけろ、とも書く彼女は、以前も書いた通り、下衆嫌い。人は高級料理ばかりでなく時にはジャンクフードも食べたくなるように、男性は時に自分よりうんと「下」の女性にグッとくる生き物であることを、彼女は理解していません。

他にも、

「男は、過去のことなど何も覚えていやしない！」

とか、

「男は、人の声や筆跡を聞き分けたり見分けたりすることができない！」

などと、何かにつけて男のことを非難している彼女。「男も女も同じ人間」というよりは、「女ではない男という生き物のことがサッパリわからない」というスタンスなのです。

私も、彼女の気持ちがよくわかります。性愛の対象は男だけれど、その他の部分では自分と違いすぎてわけがわからないし、興味も湧かない。……という感じで、男性の悪口に対しては、

「わかるぅー」

と言いながら清少納言の肩を叩《たた》きたい気分に。

では、そんな清少納言（や、私）は「男嫌い」なのかというと、そうではないのです。清少納言（や、私）というのは、むしろ男性が大好き。男性が好きなあまり、「男はこうあるべき」という高すぎる理想像を持っているのではないか。しかし世の中にいるのは、そのような理想に合致する男性ばかりではない。だからこそ、男性を見る目が厳しくなってしまう……。

『枕草子』には、特定の男性の美点を褒める段もあります。それらの段を読めば、彼女がどのような男性を理想とするかがわかってくるのですが、『枕草子』において絶賛される男性は、限られています。まず、彼女が仕える中宮定子の夫である一条天皇

は、何せ天皇ですから文句なく絶賛されている。また定子の兄である藤原伊周も、セレブ好きの彼女としては絶賛の対象。父・藤原道隆の没後は悲劇的な人生を歩むことになる伊周ですが、しかしそのような悲劇の貴公子であったからこそ、伊周のことは盛り気味に書いたのかもしれません。

清少納言とは仲の良い間柄でありつつ、彼女から賞賛の言葉を受けているのは、藤原行成、藤原斉信など。すでにご紹介した行成は、いわゆる三蹟《さんせき》の一人であるわけですが、彼は貴族社会の中でもエリートであった上に高い教養も持つという、清少納言の好みのタイプです。

行成も、才気走った女性である清少納言のことを、憎からず思っていました。『枕草子』には、彼が清少納言にちょっかいを出す様子が何度も記されているのです。

中でも有名なのは、孟嘗君《もうしょうくん》にまつわるエピソードでしょう。ある晩、行成が清少納言のところに来ておしゃべりをしていた時のこと、

「明日は帝の御物忌《ものいみ》で、籠らなくてはならないからな……」

と行成は帰っていったのですが、翌朝には、

「昨夜はとても残念でした。夜通し話して朝を迎えたかったのに、鶏の声にせきたてられて」

などと書いてある文が届けられ、その字はもちろん、たいそう美麗。

その文に清少納言は、

「とっぷりと夜が更けてから鳴いたという鶏の声は、孟嘗君のそれでしょうか」

と返信を書きました。『史記』には、中国の戦国時代の公族である孟嘗君が、敵から逃れて函谷関《かんこくかん》という場所に着いた時、鶏の鳴き声がすると門が開くことを知って、鳴き真似で開けさせた、という江戸家猫八《えどやねこはち》ばりの故事が記されています。清少納言は、その故事をふまえて返事を書き、知性とウィットをアピールしたのです。

行成は、このウィットに乗ってきました。

「孟嘗君の鶏は三千人の食客を逃したと『史記』にはありますが、私が言うのはあなたと私の間の〝逢坂の関〟のことですよ」

と、返信があったのです。

逢坂の関とは、山城《やましろ》国と近江《おうみ》国の間にあった関所。この時代の人が東国へ行く時には必ず通らなくてはならず、この関を越えると「ああ、遠くに来てしまった……」と思ったらしい。今、大津から東海道本線に乗ると京都駅到着の直前にトンネルを通りますが、あの上のあたりにあるのが逢坂山。都からさほど遠くない気もしますが、中華思想の平安民にとって、逢坂の関を越えるか越えぬかは、たいそうな問題だったのです。

そして男女間での「越える・越えない」の問題と言えば、すなわち「するか・しないか」ということ。清少納言は、

「夜をこめて鶏の虚音ははかるとも　よに逢坂の関は許さじ」

という歌を、「しっかりした関守がおりますからね」という言葉を添えて、詠むのでした。百人一首に収められるこの歌は、このように行成と「する・しない」のやりとりの中で詠まれたのですが、行成は、

「逢坂は人越え易き関なれば　鶏鳴かぬにもあけて待つとか」

という歌を返します。

「逢坂の関なんて、いつも開いてるから楽勝で通れるんだろ?」といった意味合いの、この歌。相手の貞操を馬鹿にするかのようで、清少納言が怒り出さないかとひやひやしますが、しかし彼女は怒りません。同じことを他の人から言われたら怒ったかもしれませんが、行成が美しい文字で書けば、むしろ嬉しい。そして行成からの文は、定子やその弟君が持って行ってしまったのです。名筆家として名高い彼からの文は皆が欲しがるわけで、清少納言としても鼻が高かったのではないでしょうか。

斉信からのアプローチについて描かれる段もあります。

「どうしてもっと親しく付き合ってくれないんだい？　こんなに長い付き合いなのに、〝他人〟のままでおわる法はないでしょう……」

などと清少納言に迫る斉信というのは、つまり「しようよ」と言っていることになる。

清少納言は、そんな斉信をさらりとかわしました。「親しい間柄になるのは難しいことではないけれど、そうなったら今までのように、斉信様のことを堂々と褒められなくなってしまうから」、などと。

斉信もまた、エリートである上に知性派、という清少納言好みの男性です。自分を凌駕《りょうが》するほどに知的な人が好き、という彼女の好みは、歌詠みとして名高かった父親のせい、すなわち彼女のファザコン傾向のせいなのか。

そんな人から迫られたならば、つい「ま、いっか」と「関」を開けてしまいそうですが、彼女はきっぱりと断りました。その理由が「これからも褒め続けたいから」というのが、彼女らしいところです。

彼女はきっと、行成であれ斉信であれ、いくら素敵な殿方であれ、一度「して」しまったならば必ずアラが見えてくることを、予見していたのでしょう。「なんだ、この程度の人……」となってしまうのも嫌だったし、そうでなくとも、自分が関係を持っている相手を手放しで褒めまくるというのは、やはりダサい。であるなら、関は開けずにおいた方が、夢を見続けられるではないか、と思ったのではないか。

しかし関は開けずとも、「私、行成様とか斉信様からモテちゃった！」と書かずにいられないのが、清少納言らしいところです。モテ自慢は、往々にして彼女の知性自慢とも重なっています。彼女は、貴公子達と「して」しまったら、相手のことを褒め続けられなくなるのと同時に、相手が自分のことを褒めてくれなくなることも、嫌だったのではないでしょうか。

『枕草子』は、そんな彼女のリア充アピールの舞台でした。自身の知性やウィット、そしてモテっぷりを披露し、「いいね！」と言ってもらえることに彼女は無上の快感を見出《みいだ》しており、その快感は貴公子と「する」ことと天秤《てんびん》にかけてみても、手放したくないものだった。

そして、そんなリア充アピールが激しい清少納言をイライラしながら見ている女性が平安貴族社会の中に一人いて、それが紫式部です。実は、「質素な格好で行くべき御嶽参りにド派手な格好をしてきて……」などと清少納言から揶揄《やゆ》されていた藤原宣孝とは、紫式部の亡き夫。のみならず、両者の性格は合わないところが多々あった模様。

紫式部は、無邪気な自慢しい・清少納言のことを、どう思っていたのでしょうか。
次章では、平安女流文学史上随一のビッグネームである紫式部に、迫ります。

第二章　紫式部

紫式部　むらさきしきぶ

生没年不詳。平安中期の女流作家・歌人。父は漢学者藤原為時。藤原宣孝と結婚し一女（大弐三位）をもうけたが、二年後に夫と死別。文筆にすぐれ学問をよくし、一条天皇の中宮彰子に仕え、その父藤原道長と母倫子の知遇を得た。その著『源氏物語』は世界的な名作。ほかに『紫式部日記』『紫式部集』がある。中古三十六歌仙の一人。

内に秘めるタイプの女

千年前、同じ時代に清少納言《せいしょうなごん》と紫式部《むらさきしきぶ》という二人の女性が生きていて、それぞれ歴史に残る名随筆と名小説を書き残した。

……という事実を日本人は当たり前のように受け止めていますが、よく考えればこれは奇跡的なことであり、千年上の先輩達の文章を気軽に読むことができる我々は何と幸せ者か、と思う私。

さらに興味深いのは、この二人が女房という同じ職業につく人であると同時に、ライバル関係にあったということでしょう。それも、単に文芸上のライバルというだけではなく、政治的にもライバル関係にあったのです。

改めて背景を説明するならば、清少納言は一条《いちじょう》天皇の中宮定子《ていし》についていた女房。定子は関白藤原道隆《ふじわらのみちたか》の娘であり、帝《みかど》からの寵愛《ちょうあい》をたっぷり受けていました。

しかし道隆が病没してから、雲行きは怪しくなります。すったもんだがあった末、道隆の末弟である道長《みちなが》が関白の座に。そこで彼が思ったのは、「定子、邪魔」ということでした。自分の娘が帝の子を産み、その子が帝となれば、自分は帝の外祖父として絶大な権力を得ることができる。その時、帝から深く愛されている定子がいては、うまくいかない……。

道長は、自分の娘である彰子《しょうし》を、やはり中宮として入内《じゅだい》させました。中宮って何人もいるものだっけ、と思うわけですが、定子は「皇后」、彰子は「中宮」という、無理矢理の棲《す》み分けがなされたのです。

道長からしたら定子は実の姪《めい》であるわけですが、そのようなことはもはや関係無い。定子は道長によって冷遇され、やがて出産の時に命を落とすことになります。

そして、定子を追いやった立場である彰子についていた女房こそが、紫式部。定子と彰子というライバルに、それぞれ仕えていたのが、清少納言と紫式部だったのです。

『枕草子《まくらのそうし》』に、

「質素な格好で行くべき御嶽《みたけ》参りにド派手な格好をしてきて……」

などと、揶揄《やゆ》まじりで書かれていた藤原宣孝《のぶたか》は紫式部の亡き夫である、と前章で記しました。そのようなことからも、紫式部は清少納言に対して憤懣《ふんまん》やるかたない気持ちを抱《いだ》いていたでしょう。そして業務の上でも、両者は張り合う関係にあったということで、二人は宿命のライバルだったのです。

実際、紫式部は清少納言のことを、ぼろくそに書いています。『紫式部日記』には、和泉式部《いずみしきぶ》や赤染衛門《あかぞめえもん》といった文芸系の女房について、彼女が思うところを記している部分があるのですが、この二人についてはちくちく言いながらも褒めている部分もあるのに対して、清少納言については賞賛度ゼロ、誹謗《ひぼう》中傷のみ。

「清少納言こそ、したり顔にいみじう侍《はべ》りける人。さばかりさかしだち、真名《まな》書き散らして侍るほども、よく見れば、まだいと足らぬこと多かり」

と始まる文章を読むと、「ああ、本当に嫌いだったんだな……」としみじみ理解できます。

まず「清少納言こそ」の「こそ」に、彼女の気持ちがこもっている。嫌悪のビームが「こそ」によって清少納言にロックオン、という感じでしょうか。そして「さかしだつ」とは「賢しだつ」ですから、賢そうに物知りぶる女よね、と紫式部は思っていたわけで、漢字（真名）を書き散らしているようだけれど、よく見れば全然なっていないじゃないの、と怒っているのです。

この後、

「こういう人のなれの果ては、ろくなことにはならない」

といったことまで書く、紫式部。彼女が何にむかついているのかといったら、清少納言の〝含羞《がんしゅう》の無さ〟なのです。

この頃の女性の常として、二人とも生没年ははっきりしませんが、紫式部は、清少納言よりも少し年下です。おそらく紫式部は、『枕草子』を読んでいたことでしょう。『枕草子』において、漢文の知識をひけらかしたり、モテ自慢をしたりする清少納言のやり方は、どちらかというと内にこもるタイプの紫式部とは、全《まった》く相いれないもの。恥ずかしげもなく承認欲求をたれ流す清少納言のことが我慢ならなかったからこそ、「したり顔にいみじう侍りける人」との評価になるのです。

紫式部が言いたいのは、清少納言の含羞の無さだけではありません。彼女にはもう一つアピールしたいことがあって、それは、

「私の方が教養豊かなんですからね!」

ということ。真名を書き散らしてはいるけれど、「よく見れば、まだいと足らぬこと」が多いと記されているのはつまり、「私にはそのアラが見えるのよ」ということであり、「私の方が清少納言よりも漢文の素養はあるんです」ということ。

実際、彼女は文芸系の家に生まれています。勅撰《ちょくせん》和歌集に歌を採られているような

親族も多く、父の藤原為時《ためとき》は、漢文の才で知られる人。『紫式部日記』には、彼女が幼い頃のことも記してあります。彼女の弟は、漢文を朗読しても、時間がかかったり忘れたりしてしまうのに対して、紫式部はすらすら読むことができたのだそう。さすが将来『源氏物語』を書くだけの人、子供の頃から才気走っていたのでしょう。

そんな姉弟を見て、父の為時は、

「残念だねぇ。お前が男ではないというのが、私の運の無いところだよ……」

とつぶやいた、と。

当時、女性はいくら漢文の知識を持っていても、それを生かすことはできない世の中でした。出来の良い娘に対して、

「お前が男だったら」

と父がつぶやく、というのは後世になってもよく見られるシーンですが、『紫式部日記』におけるそれは、最も初期の「お前が男だったら」発言なのかも。

そのようなことを日記に書く紫式部は、「弟よりもうんと出来がよくて父親を悔しがらせた」ということを、誇りにしています。つまり彼女は、自らの「才」を自覚しているし、それを認めてもらいたいという承認欲求も人一倍、持っているのです。

しかし彼女は、自慢という行為を自らに許していませんでした。誰かが言った、

「男であっても、漢文の才を鼻にかける人はいかがなものか。その手の人は皆、ぱっとしないよね」

という言葉を聞いた後は、

「「一」といふ文字をだに書きわたし侍らず、いとてづつにあさましく侍り」

という状態だったのです。すなわち、「一」という字すら書いておらず、本当に不調法であきれるばかりなんです私、……ということ。

男性の前で、

「これも知ってる！　あれも書ける！」

と自らの教養を振りまいていた清少納言と、「清少納言なんかよりも私の方が……」と内心ではフツフツと思いながら、人前では「一」すら書けないフリをして、

「私って、どんくさいんです……」

という顔をしていた、紫式部。性格はまさに正反対であったのであり、だからこそ両者の芸風は、あれだけ異なったのでしょう。

溜《た》めがきかないタイプの清少納言は、自らが体験したこと、感じたことをそのまま、紙の上にあらわしました。それが後年、「随筆」と言われるジャンルとなったのです。

対して紫式部は、様々な思いをいったん胸の中に溜め、熟成・発酵させ、それを物語として紡いでいった。

そんな二人ですが、友人としてどちらが付き合いやすいかということについては、意見が分かれるところでしょう。日本では古来、「俺が俺が」という態度は格好悪い、とされています。ましてや女性であったら、なおさら「私が私が」は、いただけない。

しかしだからこそ、清少納言の、

「私ってば、こんなに皆から褒められちゃってー」

という態度に対しては、「恥を知れ」と切り捨てる人もいれば、「ちょっとウザいけど、裏表は無いし、面白いよね」と思う人もいる。

対して、並の男性など敵《かな》わないほどの知性を持ちながら、

「一って、何ですか……？」

という態度の紫式部は、他人の面子《メンツ》を潰《つぶ》さない人。

しかしその性質は、同性から見るとちょっと怖くもあります。テストの直前、

「私、全然勉強してないの。どうしよう……」

などと言い、それなのにきっちりと良い点をとる子がいたものですが、紫式部もそのタイプだったのではないか。その手の人は、

「私、今回はマジで勉強してきた！　自信ある！」

などと教室で騒いでいる清少納言タイプのクラスメイトのことを、「馬鹿ね……」と思って、心の中で嗤《わら》っていたのではないか。

自慢したくても、ぐっと我慢。言いたいことも、そのままは言わない。表面はあくまでおとなしいけれど、激しい思いを内に秘めるタイプである紫式部は、だからこそあれだけ長大な物語を書くことができたのだと思います。感情の出口には、自らが置いた重い石。そのせいで彼女の心の中には、本当はあのようなことをしたい、このように言いたい……という願望が、うごめいていたはずなのです。

美男の貴公子と、あんなことやこんなことがしたい。思う存分、嫉妬《しっと》したい。知性だって、自慢したい。清少納言とはちがって、和歌だって詠めるのよ。……胸の中で熟成の末、とろみを帯びた数々の願望を物語にのせ、解き放ったのが『源氏物語』なのだと、私は思います。彼女のねっとり濃厚な性質は、この国の女性の一つのタイプを示しているのであり、私としては親友にはなれないかもしれないけれど、実に興味深い存在なのでした。

承認欲求の満たし方

なぜ紫式部は、清少納言のことを激しく嫌ったのか。……といいますと、色々な理由はありそうだけれど、最もカチンときているのは「自慢しい」な部分である、ということが『紫式部日記』を読むと想像できます。何せ紫式部は、並外れて高い教養を持ちながら、漢字の「一」すら書けないふりをする人。清少納言のあけすけな自慢っぷりが、腹に据えかねたのでしょう。

しかし私は思います。他人の自慢に対して敏感な人というのは、実は自分こそ自慢をしたい人なのではないか、と。

たとえば昨今、SNSを眺めていますと、露骨なリア充自慢投稿が目につきます。家族仲良しアピール、料理上手アピール、お金持ちアピール……等、SNSには「私を褒めて！　そして羨《うらや》んで！」という気持ちが溢《あふ》れている。

そんなアピールの数々に対して「いいね」を素直に押し、

「◯◯ちゃん、すごいね！　羨ましい！」

とコメントを寄せるのは、自慢欲求が希薄な善人。自分に自慢欲求があまり無いので、他人の自慢欲求にも気づかないのです。他人の自慢欲求にも即座に気づく。どこに対して、私のように自慢欲求が強い者は、他人の自慢欲求にも即座に気づく。どこをどう褒めてほしいのかも、手にとるようにわかってしまうのです。

しかし、そこで「自慢気なことを書いて……」とプリプリ怒ったら、紫式部の二の舞となってしまいます。そしてもちろん、自分の自慢欲求をSNS上で全開にしてしまったら、清少納言の二の舞に。千年前の、自慢にまつわる二人のバトルを知る身としては、「SNSは見るだけ。書かないし、反応もしない」と、自戒しているのでした。

他人の自慢話をスルーできない紫式部は、確実に自慢好きに違いない、と思っている私。そんな視点で『紫式部日記』を読みますと、自慢が背後に透けて見える記述が、そここにあるのです。たとえば、紫式部が仕えた中宮彰子が産んだ赤子の、五十日《いか》の祝のことを書いた部分。

藤原道長の娘である彰子は、一条天皇に入内後、敦成《あつひら》親王を出産します。その時、彰子のライバルである定子は既に他界しており、彰子が男児を産んだことによって、道長の立場は盤石のものとなりました。

『紫式部日記』は、彰子の出産前後の日々の回想からスタートします。無事に男の子が生まれると、産養の儀式が行われ、やがて一条帝も行幸され……と、道長邸は喜びと華やかな空気とに包まれるのです。

行幸の少し後に行われたのが、「五十日の祝」。出産後五十日目に、赤子の口に餅を含ませるという儀式です。その日は名だたる貴族達が参集して祝いの品を献上、続いて宴会となりました。お酒も入って、皆が良い心持ちになっている頃、左衛門《さえもん》の督《かみ》である藤原公任《きんとう》が、紫式部など女房達がいる所にやってきて、

「あなかしこ、このわたりに若紫《わかむらさき》やさぶらふ」

と声をかけた、と『紫式部日記』には記されます。すなわち、

「失礼しますよ。この辺りに〝若紫〟はいるかな？」

と。

藤原公任は、行成《ゆきなり》や斉信《ただのぶ》らとともに、一条帝の世における四納言と言われたエリート貴族。その「イケてる男子」に、「若紫ちゃん、いる？」とばかりに声をかけられた。……との記述に、自慢の匂いを嗅《か》ぎつける私。

若紫とはもちろん、『源氏物語』に登場する人物です。若き光源氏《ひかるげんじ》が病気療養のために山にこもった時、ふと見かけた幼い女の子があまりに好みのタイプだったので、今で言うところの拉致《らち》監禁を敢行。自分好みの女・紫《むらさき》の上《うえ》に育て上げたわけですが、

その女の子に初めて出会う帖《じょう》が「若紫」です。

「若紫やさぶらふ」という公任の言葉を記すことによって、紫式部は「公任は『源氏物語』を読んでいた」ということ、そして「公任はその作者である私に興味を持っていたのみならず、私を若紫に重ね合わせていた」という事実をアピールしています。

つまりこれは、作品自慢でもあり、モテ自慢でもある。

公任から声をかけられ、紫式部はどうしたのかというと、その問いかけを無視するのでした。「光源氏のような人がここにいるわけでもないのに、まして私が若紫なわけがないでしょう」、と。この辺りにも、「私は清少納言みたいに、声をかけられたからといってホイホイ応対するような女じゃありません」というアピールがあるような気がするのは、私の考えすぎなのか。

モテ自慢の記述は、他にも見ることができます。ある時、「源氏の物語」が中宮彰子の御前にあるのを道長が目にとめて、梅の花の下に敷かれていた紙に書いて紫式部に渡したのは、

「すきものと名にし立てれば見る人の　折らで過ぐるはあらじとぞ思ふ」

という歌。「すきもの」には「好き者」と、梅からくる「酸きもの」が。「折る」には、「女を我がものにする」と「枝を手折る」が掛けてあり、「名」は「評判」の意。

となればこの歌は、

「好き者として評判の紫式部、ひっかけずに素通りする男などいるのかね？」

といった意味になりましょう。紫式部は、上から目線が溢れるこの歌に対して、

「人にまだ折られぬものを誰《たれ》かこの　すきものぞとは口ならしけむ」

と返します。

「私は〝手折られ〟たことなどありませんのに、誰が〝すきもの〟などと言っているのでしょうね」

といった感じか。

その晩、紫式部が寝ていると、扉を叩《たた》く音がしました。反応せずにいると、

「夜もすがら水鶏《くひな》よりけになくなくぞ　真木の戸口に叩きわびつる」

という道長の歌が届きます。水鶏が鳴くよりさらに泣きながら、私はあなたの戸を一晩中、叩きあぐねていましたよ。……といった歌に、紫式部もまた、歌を返すのでした。

これはすなわち、「時の権力者である道長様からもモテてしまった私」についての記述です。「源氏の物語」は中宮様も読んでいらしたのよ、というさりげないアピールから始まり、道長様が自分のところに忍んでいらした、ということも暴露している。

その時の紫式部は、扉を叩く音を無視したと記していますが、「紫式部は、道長と「して」いたであろう」という説もあります。紫式部は道長のお手つきであり、光源氏のモデルの一人が道長なのでは……？　と。

確かに、道長から迫られて、断るのは難しそう。また、時を得た人である道長と「して」みるのはどんなものなのかしら……という好奇心も、湧きましょう。

しかし紫式部は、モテたことだけをアピールしつつ、「してません」との態度です。清少納言であれば、「和歌なんか詠んで返すのは、当たり前すぎてつまらないわ」と、漢詩など引き合いに出して返答するのかもしれませんが、紫式部はセオリー通りに返歌を詠んで「ＮＯ」と言った、ということにしているのでした。

このように紫式部は、自身の教養をひけらかすことこそしないものの、モテ自慢や作品自慢をしないわけではないのです。教養についても、子供の頃に父親から「お前が男だったらなぁ」と言われていた、などと記すところを見れば、「それほど私は子供の頃から頭が良かったのです」と言いたいのは明らかです。

やはり紫式部は、自分もまた「自慢したい、褒められたい」という強い承認欲求を持っていたからこそ、清少納言のことをあれほどまでに責めたのでしょう。しかし紫式部は、清少納言ほどにあっけらかんとした性格ではありませんでした。感情を素直に表に出すのは苦手で、内にこもるタイプ。

『紫式部日記』においても、その内にこもるムードはしばしば感じられ、今風の言葉で言うならば、彼女は「生きづらそう」なのです。たとえば清少納言への激烈な悪口を書いたすぐ後の段で、人付き合いに関する記述が見られるのですが、彼女は自分の使用人の視線をはばかり、したいことも心のままにはできない様子。ましてや宮仕えにおいて同僚の女房達が周囲にいたなら、言いたいことがあってもぐっと抑えてしまうのだそう。

しかし彼女は、単なる内気な人ではありません。他人を悪《あ》しざまに言って「我こそは」という顔をしている人の前では、ウザくて話す気にもなれない。……などと思いつつ、紫式部は女房達を見て「全てにおいて秀でた人って、いないものねぇ」と思っているのでした。あの女房、この女房のアラの数々を確実に捉《とら》えつつも、「惚《ほ》け痴《し》れたる人にいとどなりはて」、つまりは、「私、何にもわかりませーん」という顔をしていた、と。

すると女房達は、

「あなたはきっと、ひどく気取り屋でお高くとまって人を見下すような人に違いないと思っていたけれど、会ってみたらすごくおっとりしているのね」

などと言うのでした。これはおそらく、紫式部がまだ新人女房だった頃の話。才女として名高い紫式部が女房としてやってくるというので、「どんな嫌な女か」と思っていたら、意外におっとりしているじゃないの……という感覚だったのだと思う。

紫式部は、「あらあら、そんなにおっとりしていると思われたのね」と思うのですが、彼女からしたら〝作戦成功〟といったところでしょう。何せ彼女は、『源氏物語』の中でも何かというと、「女はおっとりしているのが一番」と、光源氏に言わせています。腹の中で何を思っていようと、おっとり顔さえしていれば周囲にはわからないし、波風も立たない。……ということで、彼女はこれからも「おっとりキャラ」で行くことにしよう、と心に決めるのです。

女の世界のライバル心

平安時代の高貴な女性は、自分の周囲に大勢の女房を侍らせ、サロンのようなものを形成していたことは、以前も書いた通り。どのような女房を揃えるかによってサロンの空気感が変わってきたわけで、メンバー選びには慎重になったことでしょう。

私も長年女子校で過ごしたせいか、「女だけしかいない場」が好きです。共学生活が長い人は、女性専用車などに乗ると「気持ち悪い」と思うそうですが、私はいまだに、女だけでいる方がほっとするのであり、だからこそ平安女流文学好きなのかもしれません。

平安貴族社会では、女性は基本的に、家族や「した相手」以外の男性に顔を見せることはありませんでした。髪の下《さが》り端《ば》、扇、御簾《みす》、几帳《きちょう》といったもので何重にもその顔は隠され、建物の端近にいるだけで「品がない」とされたのです。

『源氏物語』の「若菜上」には、女三の宮《おんなさんのみや》が六条院《ろくじょういん》で蹴鞠《けまり》に興じる若者達を御簾ごしに眺めていたところ、唐猫が御簾をめくってしまったため、庭にいた柏木《かしわぎ》にちらりと顔を見られた、という出来事が記されています。女三の宮は、源氏が中年になってから結婚した、うんと年下の、高貴な身分の女性。柏木は、源氏の親友でありライバルである男性の息子。柏木は女三の宮の顔を一瞬見たことによって、好きになってはいけない相手と知りつつも、彼女のことが忘れられなくなってしまいます。そしてその恋は、やがて悲劇的な結末を迎えることになる……。

勝手に惚れられ、その後、ほとんど強姦《ごうかん》のような形で柏木と関係を結ぶこととなる、女三の宮。その結果、妊娠までしてしまうのであって、女三の宮としたらいい迷惑、というところです。しかしこの時代においては、女三の宮の側にも落ち度があるのです。ちょっと御簾がめくれたくらいで顔が見えてしまうような場所にいる女三の宮は、軽薄で思慮が浅い女性、と判断されるのですから。

この時代、女性の顔を「見る」とは、セックスを「する」という意味を持っていました。「顔を見せた相手」＝「した相手」、という認識があったからこそ、柏木は女三の宮の顔をチラ見しただけで、胸を撃ち抜かれてしまったのです。

女性が安心して顔を見せることができるのは、家族か女性と一緒の時だけ。異性と一緒にいる時よりも、同性と一緒にいる時の方が、彼女達は自由でいられたのではないでしょうか。

異性と一緒にいるのは特殊な事態で、同性と一緒にいる時こそが本来の自分。……という感覚は、現代における女子校出身者と似ています。異性が存在しない日常において、女達は自身の女性性をのびのびと発揮し、それをとろみがつくまでじっくりと煮詰めていくのです。

現代の女子校は、良妻賢母系、ガリ勉系、おしゃれ系等、学校によってカラーが異なるものですが、平安貴族界における女性達のサロンもまた、それぞれカラーが違っていたようです。たとえば清少納言が仕えていた定子、すなわち一条天皇の最初の中宮のサロンは、定子の父・道隆が生きていた時代などは特に、彼の明るい性格もあって華やかだったようです。また清少納言のようなカラッとした性格の女房がいたせいもあり、明るくもあった。サロンのムードが楽しげだと、仕事でやってくる男性貴族達もまた、足取りが軽くなった模様です。

対して紫式部が仕えていた中宮彰子のサロンは、意外にも地味なカラーだったようです。『紫式部日記』には、彰子サロンがどうもおとなし目なムードであることを「いかがなものか」と思っている様子が記されるのでした。

彰子が中宮になった年に定子は亡くなっていますから、政治的なライバルは彰子にはいませんでした。しかし、彰子のサロンには強力なライバルが存在していたようで、それが斎院である選子《せんし》内親王のサロンです。

斎院とは、賀茂《かも》神社に仕える未婚の皇女、もしくは女王のこと。紫式部の時代は、村上《むらかみ》天皇の皇女である選子内親王が務めていました。選子は五十七年もの長きにわたって斎院を務め、「大斎院」と呼ばれた人です。

日記によると紫式部は、選子サロン所属の中将《ちゆうじよう》の君という女房が誰か宛に書いた手紙を、読む機会があったのだそう。個人情報保護などという観点はこの時代皆無ですから、平安人は結構、他人の手紙を盗み読みしているのですが、紫式部もきっと「選子様のところの女房はいったい、どんなことを書いているのかしら」と、興味しんしんで読んでみたのでしょう。

するとそこには、情緒というものをわかっているのはこの世で自分ただ一人、他の人には感性などというものは無いのだ、といったことが書いてありました。それを読んで紫式部は、むかっ腹を立てるのです。

清少納言が自慢しいだ、ということに対して厳しい筆誅《ひっちゅう》を下していたように、彼女は自分の能力を「どうだ」とアピールする人が大嫌い。さらに中将の君は、「素晴らしい和歌などについても、選子様以外にお見分けになる方がいるのかしら」などと、主人である選子こそが当代随一の女性、といった書きぶりなのであり、紫式部は当然、そのことに対しても、キーッとなっています。

中将の君に対してむかついているということはすなわち、選子サロンについてもむかついているということ。

「そんなに自慢している割には、選子様の女房達が詠んだ和歌で特別素晴らしいものというのも、特に見当たらないのでは？」

といったことも、日記には書かれています。彰子サロンにおける文芸系のエースという立場であった紫式部としては、「うちが一番」といった中将の君の書きぶりが、我慢ならなかったのでしょう。

とはいえ、選子サロンが実際に華やかなムードを漂わせていたのに対して、彰子サロンはいまひとつ地味、というのは紫式部も認めるところでした。選子サロンについては、

「とても素敵で、情緒あふれるところ」

と、紫式部も記しているのです。

斎院のサロンは、一種の神秘性を湛《たた》えていたのでしょう。斎院は紫野《むらさきの》の有栖《ありす》川のほとりに御所を構えていたのですが、賀茂神社の神に仕える存在ですから、やたらと出入りすることはできない。日常から離れた禁断の園、といったイメージがあったから、女房にも、そこで詠まれる歌にも、ありがたみが漂ったのではないか。

そんな斎院方に対して、なぜ彰子サロンがさほどぱっとしないのかを、紫式部は分析しています。まず斎院は、神にお仕えする身で、世の雑事に紛れることもないのに対して、中宮という立場の場合は、彰子が帝のところへ行ったり、また道長がやってきたりと、なにかとあわただしい。斎院がひたすら風雅の道を究めていくことができるのに対して、中宮方は風雅どころではない時もある……。

彰子方の女房達は、おとなしい人が多かった模様です。そして主人の彰子自身、上品で奥ゆかしく、そして色めいたことを軽薄と見るような、生真面目な気性でもあっ

た。

なぜ彰子がそのような性格になったのかといえば、原因は子供の頃にありました。きちんとした心得があるわけでもないのに、我が物顔に振る舞っていたある女房が、大切な場面でとんでもないことを口にしたことがあったのだそう。それをまだ幼い彰子が聞いて、いたたまれないほどに恥ずかしく思ったというのです。

そんなこともあって、目立とうとして失敗するくらいなら、何事もなく無難に過ごすことができる方がいい、と思う癖がついた彰子。その影響によって周囲にいる女房達にも、事なかれ主義が染み付いていった。……と、紫式部は考えるのでした。

結果、上臈《じょうろう》や中臈といった立場のある女房達も、上品ぶってひきこもりがちに。中宮まわりの業務を担う中宮の大夫《だいぶ》がやってきて、女房を通じて彰子に何か伝えたくても、上臈女房が子供のように頼りないので、応対すらまともにできないというのです。

それは、何か間違いをしでかすくらいなら一言も発しない方がまし、といった消極的態度。リスクを取らないからこそ、中宮の女房はどうもぱっとしないとか、風情が無いといった評判が立ってしまうのだ、と紫式部は書いています。

対して定子サロンの清少納言は、業務連絡などでやってきた男性達にも、ウィットと教養を生かして、当意即妙な対応をしていました。

「こんな風に気の利いたことを言ったら、こんな風に褒められちゃった」

と、『枕草子』にはさんざ書いてあります。

その手の自慢に対しては憎しみをたぎらせる紫式部ではありますが、とはいえ彰子サロンの女房達は、あまりにもぼーっとしすぎているのではないか。女房たるもの、お嬢様ぶってさえいればいいというものでもないでしょうよ、と紫式部は自分の同僚に対しても、イラつきを抑えることができません。

斎院方の女房達は、彰子方の女房がそのような様子であることを知って、見下しているに違いない、と紫式部は思うのでした。そう、彼女はおとなしいフリをしているけれど、実際は人並み外れて負けず嫌いの性格。自分が属するサロンが、他のサロンのメンバーから馬鹿にされて、受け流すことなどできるはずがありません。それは団体戦に負けるようなものなのですから。

紫式部は、

「自分はかしこぶっていながら、人をけなして世を批判するような人こそ、性根の程度が知れるというものでしょうよ」

と、中将の君について記します。しかしこの文章も、他人をけなして批判するものであることを、彼女は知っているのかいないのか。とにかくとことんプライドが高い人であったことだけは、確かなようです。

居場所が無い

『紫式部日記』は、一条天皇の中宮である彰子が出産間近という頃から、記述が始まっています。その頃彰子は、出産のため実家の土御門《つちみかど》邸、すなわち藤原道長邸に戻っていて、彰子に仕える紫式部等の女房達も、共に滞在していました。

やがて無事に男の子が生まれ、お祝いの行事が続きます。帝も若宮に会うために土御門邸に行幸され、道長にとっては我が世の春が到来した、という状況。しばらくすると彰子は、若宮と共に内裏《だいり》に還御《かんぎょ》することになります。

紫式部達も一緒に内裏に戻った、その晩のこと。細殿《ほそどの》に臥していた紫式部は、仲良しの女房である小少将《こしょうしょう》の君と、愚痴を語り合っていました。時は十一月。土御門邸から移ってきたのは夜だったのであり、寒さは募り、疲れてもいたことでしょう。また、月明かりに照らされて移動する様を人に見られるというのも、自意識が発達したタイプである紫式部にとっては嫌なことだったのであり、宮仕えのつらさをブツブツ言っていたのだと思います。

そんな所にやってきたのは、藤原実成《さねなり》、源経房《みなもとのつねふさ》、藤原公信《きんのぶ》といった貴族達。中宮が戻ってきたということで、その女房のもとに挨拶《あいさつ》に来るのもまた礼儀だったのですが、疲れていた女房達にとって、その訪問はかえって迷惑でした。「いないものと思ってくれないかしらね」などと思っていると、男性達も、「明日早く、また参りましょう。今夜は寒くて耐えられない、身もすくんでしまいます」

などと言いつつ、去っていったのです。

その時、家路を急ぐ男性達を眺めて紫式部が思ったのは、「何ばかりの里人《さとびと》ぞは」

ということ。「里人」とは家にいる人、すなわち妻のこと。

「どれほどの奥さんが待ってるっていうのよ……」

といった意味です。

紫式部の置かれた境遇を考えると、この言葉は深く響いてきます。中宮彰子の女房である紫式部は、言うならばキャリアウーマンの身。女房は住み込み業務が基本ですから、彰子が土御門邸に行けば土御門邸へ、また内裏に戻れば内裏へと、落ち着きません。人と交わらなくてはならないことも含め、それは専業主婦とは全く異なる生活環境でした。

当時、女房という仕事に就く女性がどう思われていたかについては、『枕草子』が参考になります。『枕草子』には、「宮仕えする女性のことを、「軽薄でいけ好かない」などと思っている男達というのは、本当に憎たらしい」といった記述があるのです。

このように記されるということは、宮仕えする女性のことを「軽薄でいけ好かない」と思っている男性が、当時は少なからぬボリュームで存在していた、ということ。誰にも顔を見せず、奥の方に静かに存在しているべき「女」が「仕事」をしている、という状況に対して、「女のくせに……」と思う男性がいたのです。そんな中で、コミュニケーション能力や業務能力に磨きをかけた女房は、「軽薄」と捉えられることもあった。

清少納言は、女房という自身の立場に誇りを持っていたので、そのように言う男達のことを「憎し」と思っていました。また彼女は、「前途の望みもなくただ生真面目に、偽りの幸福だけを夢見ているような人は気に食わないし、一段低く思われるものだから、やはりそれ相応の身分の人の娘などは、宮中に出仕させるべき」といった意見も持っていたのです。

平安時代にも、キャリアウーマンと専業主婦の対立があったようで、これは日本における最初の「専業主婦論争」かもしれません。清少納言はもちろんキャリアウーマン派だからこそ、相応の身分の人の娘は出仕させて社会というものを見せないと、偽りの幸福（原文では「えせざいはひ」）ばかりを夢見るつまらない女になってしまうのよ、と思っていたのです。

紫式部もまた、女房としての自負は持っていたのでしょう。だからこそ、寒い夜に家に帰っていく男性達を見て、

「どれほどの奥さんが待ってるっていうのよ……」

と、思っている。自分は宮仕えの身で、こんな寒い晩にあちこちと移動を余儀なくされて震えているというのに、あの人たちは家に帰っていくのね。でもそこで待っているのはどんな素晴らしい妻だっていうの、どうせ大した妻じゃないでしょうに……、と。それは、髪を振り乱しつつ残業に追われるキャリアウーマンが、

「じゃ、お先っすー」

と呑気《のんき》に帰っていく同僚男性を横目で見ながら抱く思いと、同じようなものかもしれません。

この時、紫式部は既に夫に先立たれていました。だからこそマイホームへと向かう

男性達を見た時、余計に寂しさと嫉妬混じりの感慨が募ったのだと思います。

彼女は清少納言のように、「キャリアウーマンとしての自分」に対する自負や誇りを、抱くことができない人でした。清少納言であれば、実成や経房達に気のきいた言葉の一つもかけて、気が付いたら夜通しおしゃべりしていた、ということになっていたかもしれません。しかし紫式部は、放っておいてほしかったのです。その割には「どれほどの奥さんが……」などと内心思っている彼女は、粘り気の強い性質。

彼女は、女房勤めをしている自分に、常に居心地の悪さを感じていました。たとえば彰子が土御門邸からほどなく内裏に戻るという頃、紫式部はふと物語などを手にとって読んでみたのです。すると、出仕前に読んだ時とは感じ方が全く違っていることに驚いたのでした。それは、紫式部が初めて出仕してからしばらく経った頃。そろそろ女房勤めにも慣れてきた、という感覚を持っていました。

同じ物語を読んでも感じ方が変わったということは、宮仕えによって自分が変わったということである、と彼女は判断します。こんなに変わってしまった自分なのだからして、きっと友人達は、私が宮仕えの身となった後は、私のことをどれほど恥知らずで思慮の浅い人と思って軽蔑《けいべつ》していることか。そう考えると、恥ずかしさのあまりこちらから手紙を書くこともできない。……と、紫式部は鬱々《うつうつ》と思うのです。

他の部分においても、宮仕えに「慣れて」しまった自分に対して、いつも「こんな私って駄目な女」といったことをしばしば記している彼女。通常、仕事をする人間は、仕事に慣れることを喜ぶものですが、彼女は慣れれば慣れるほど、落ち込むタイプらしいのです。

紫式部はなぜ、女房として慣れるほどに落ち込んでいくのか。……と考えてみますと、彼女の中には、「女は家の奥でじっとしているのが本来あるべき姿」という専業主婦礼賛の心理が存在していて、女房暮らしに慣れることを、女としてはしたないと捉えていたからでしょう。

夫に先立たれることがなければ、出仕などせずに、専業主婦として生きていたのであろう。だというのに今や私はすっかりキャリアウーマンなどというものになり果ててしまった。……と思う一方で、それだけで終わらないのが、紫式部のややこしいところ。キャリアウーマン生活に慣れてしまった自分を激しく恥じつつも、「私も世の中で認められたい」という気持ちも、どうしても抑えることができないのです。前もご紹介しましたが、なにせ彼女は子供の頃、父親から「お前が男だったらなぁ」と言われていた娘。自分が持っている優れた能力を、「誇りたい」という気持ちと、「誇ってはいけない」という気持ちを両方持っていたからこそ、女房生活を楽しむことができません。

「お前が男だったら」というエピソードの前には、女房仲間から「日本紀《にほんぎ》の御局《みつぼね》」というあだなをつけられて嫌だった、という話も出てきます。それというのも「源氏の物語」を人に読ませて聞いていた一条天皇が、作者である紫式部について、「この人は『日本書紀』も読んでいるに違いない。実に才があることよ」とおっしゃった、ということをその女房が耳にして、あだなを言いふらした……ということなのです。

紫式部は当然、『日本書紀』も読んでいたでしょう。一条天皇からその才を認められたことについては、日記に書くくらいですから、彼女としては誇らしい気持ちもあったに違いない。しかし、「女なのに才がある」ということに対する忸怩《じくじ》たる思いも彼女は持っていたのであり、だからこそ自分にあだなをつけた女房に対して、腹立たしい気持ちを抱いていたのです。

出仕以前は、「私はこんな場所で埋もれていっていいのだろうか」と鬱々としていたのであろう、紫式部。彰子サロンにスカウトされた時は、嬉《うれ》しい気持ちもあったのでしょうが、しかし実際に出仕してみるとキャリアウーマンの世界もまたしっくりくるものではなく、「ここは私がいるべき場所ではない」という思いが募っていった。

専業主婦的世界にいても、キャリアウーマンの世界にいても安心することができなかった彼女は、今風に言うならば「居場所が無い」という感覚を持っていたのだと私は思います。あれほど長大な物語を「書く」ことに没頭できたのも、現実世界に居場所が無かったからこそなのではないか、という気がしてなりません。

紫式部の幸せ

何を見ても、何を聞いても、「私なんて……」と心の中でじゅくじゅく考えてしまう、紫式部。「私ったらこんなに人気者で〜」と、無邪気に我ボメをする清少納言と比べると、『紫式部日記』における彼女は、どうも幸せではなさそうに見受けられるのです。

もちろん、それは彼女のポーズでもあったのでしょう。誇りたいことがあっても「私なんて」となるのが、彼女の思い癖であり、書き癖。内心では自分の能力に自信を持っていましたが、自分からそれをアピールすることは、彼女のプライドがよしとしなかった。どうしても漏れ出てしまう才気を他人に発見され、

「よっ、若紫!」

とか、

「よっ、日本紀の御局！」

などと褒められるというのが、彼女の理想のパターンだったのではないか。

彼女の性格は、今の言葉で言うならマイナス思考というものなのです。たとえば、池に浮かんでいる水鳥を見ても、「のどかに遊んでいるように見えても、実は苦しいのでしょうね」などと思ってしまう。

水鳥は水面下で必死に脚を掻《か》いている、ということを彼女が知っていたかどうかはわかりませんが、のんびり水に浮く水鳥に自己を投影して「ああ見えても実は……」と思いを馳《は》せるような性格だったからこそ、彼女は『源氏物語』のような物語を書くことができたのでしょう。水鳥を眺めて「のどかね」とだけ思っていられる人の方が、ストレスは少なく、幸せそうではあるけれど。

では紫式部が思う幸せ、そしてあの時代の幸せとは、どのようなものだったのでしょうか。『源氏物語』にも「幸ひ」や「幸ひ人」といった言葉は登場します。たとえば明石《あかし》の君《きみ》などは、代表的な「幸ひ人」として描かれている。

女性問題での失敗などがあって、紫の上を京に残し、自ら須磨《すま》に身を引いた源氏。明石《あかし》の入道《にゅうどう》という人のすすめにより明石に移り、やがて彼の娘と結ばれます。

京ではひとかどの身分の人だったものの、少し変わり者の入道は、播磨守《はりまのかみ》となった後、出家して明石で隠遁《いんとん》生活を送っていました。今でこそ、セカンドライフを田舎で送るのは珍しいことではありませんが、中華思想と言ってもよいほど京至上主義の当時において、それは変人の行為。特に、年頃の娘が「田舎育ち」になってしまったことは、致命的な欠点となります。

しかし入道は、娘の結婚相手については「誰でもいい」とは思っていませんでした。必ずや立派な男に嫁がせてみせる。いや、そうなるはず……との信念を入道は持っていたのであり、「謹呈」という感じで娘を源氏に差し出し、「させて」しまうのです。

須磨では女性から遠ざかっていた、源氏。そんな源氏にとって、明石の君は田舎育ちとは思えないほど、魅力的でした。和歌も楽器の演奏も達者で、まさに「鄙《ひな》には稀《まれ》な」女性だったのであり、彼女は源氏にとって、現地妻的な存在となります。

やがて源氏は、京に戻ることになりました。その時、明石の君は妊娠していましたが、妊婦を残して源氏はさっさと上京。ああ、可哀相な現地妻……。

その後、明石の君は女の子を出産しました。しかし生まれたばかりの姫君は、「母親が田舎育ちというのは、娘にとってナンだから」ということで、紫の上に養育させるべく、明石の君の手元から奪われてしまいました。

しかし、事態はどう動くかわかりません。明石の姫君はその後、東宮《とうぐう》妃となって男の子を出産。さらにその子がやがて東宮となり……ということで、明石の姫君は未来の国母《こくも》となるのです。

田舎の入道の娘として終わるはずだった、明石の君。しかしそこで源氏と結ばれたことによって、彼女の運命は大きく変化しました。産んだ娘が未来の国母ということで、明石の君の立場もおおいにアップ。そんな明石の君のことを、世の人は「幸ひ人」と言ったのでした。

この時の「幸ひ」は、現代における「幸せ」とは、少し意味が異なるようです。私達が今、追い求めているものが自分の努力によって摑《つか》み取る「幸福」、すなわち「ハッピー」だとしたら、あの時代の「幸ひ」とは、他者もしくは何らかの他力《たりき》によってもたらされる「幸運」すなわち「ラッキー」なのです。

明石の君にとっての「幸ひ」も、源氏という高貴な男性がたまたま須磨にやってきたからこそ、もたらされたもの。もちろん、田舎に住んでいながらも、和歌や楽器の演奏といった教養を身につけていたという努力もあったとはいえ、自分で高貴な殿方のところに出かけていって、

「私、どうですか?」

などと言うことができるわけではない。ダメもとで待っていたら源氏がやってきて、思いもよらない「幸ひ」がもたらされたのです。

明石の君のみならず、『源氏物語』において「幸ひ」は、高い身分の男性から見出《みいだ》された女性に対して使用される言葉です。男性に対しても、また元々高貴な身分の女性に対しても、それは使用されない。すなわちこの時代最高の「幸ひ」とは、高い身分の男性に、さほど高い身分ではない女性が見出されること。それ以外に、女性が望外の幸を得る手段は無かったのだとも言えましょう。

明石の君の母親もまた、「幸ひ人」と呼ばれていました。彼女は出家して「明石《あかし》の尼君《あまぎみ》」と呼ばれていたのですが、娘や孫のお陰でその老後は安泰。「明石の尼君」は「幸ひ人」の代名詞のようにもなっていた模様で、たとえば近江《おうみ》の君《きみ》という女性は、双六《すごろく》遊びをしている時、良い賽《さい》の目が出るようにと、

「明石の尼君、明石の尼君」

と呪文《じゅもん》を唱えているほどです。田舎で誰にも知られずに過ごしていた女性が、紆余《うよ》曲折の末に満ち足りた老後を迎えるというストーリーは、呪文化されるほどの「Luck」として、知られていたのです。

このように平安女性にとっての「幸ひ」は、ハッピーではなくラッキーのことだっ

たわけですが、しかしそんな「幸ひ」は、ただ能天気に享受できたものではなさそうです。明石の君にしても、産んだばかりの娘を奪われて、姫君の育ての親は紫の上ということに。その娘が出世したことによって結果として「幸ひ人」となったわけですが、そこまでいくのに、どれほど辛《つら》い思いに耐えたことか。

女は、Luck を待つしかない。しかしその Luck を得るために、そして得た後にも、耐え忍ばなくてはならないことが多々ある。……という事実こそ、紫式部をアンハッピーにさせていた原因であるような気が、私はしています。

紫式部も受領《ずりよう》階級の娘ということで、貴族としてはそう高い身分ではありません。彼女は高貴な身分の殿方からの求婚はなかった模様で、夫の藤原宣孝もまた受領。その上、早くに亡くなってしまいます。紫式部は、玉の輿《こし》に乗るという「幸ひ」を得ることはできなかったのです。

しかし彼女がいつも鬱々としていた理由は、おそらく「玉の輿に乗れなかった」ということではありません。彼女が心の中で本当に求めていたものは、ラッキーではなくハッピーだったのではないかと、私は思うのです。誰かに与えられる Luck ではなく、自分の努力や才能や実力によって得られるものを、彼女は本当に希求していたのではないか。

今となっては、私達はその手のものを得る方法を知っています。頑張って勉強して受験にチャレンジし、良い学校に入る、とか。自分がしたい仕事に就くために努力する、とか。仕事においても、目標のために邁進《まいしん》し、その成果が評価されれば、幸せな気分になることができる。

恋愛や結婚相手ですら、私達は自分の努力で発見することができるのです。というより今や、「ボーッとしていたら結婚などできない。良い相手と出会うか否かは、努力次第」と皆が知っていますから、意欲のある女性は、容姿やら料理の腕やらをせっせと磨いています。

紫式部にとっては、今のような実力主義の社会の方が生きやすかったのではないかと、私は思うのです。

「私はこんなに知性も教養もあるのです！」

と女性が言っても後ろ指など指されず、

「すごい！」

と評価される世の中であったら、彼女の胸の中のじめじめした部分は、どれだけカラッとしたことか。

しかし紫式部の時代、「女の人生、努力次第」という感覚はありませんでしたし、また、努力や才気によって得られる満足感のことを表す言葉も無かったのです。だというのに紫式部は、おそらくせっせと努力をする人であり、自分の中に努力の結果だけが、堆《うずたか》く積もっていった。積もっているものを明るく自慢できるような性格ではなかった彼女は、消化不良に苦しんだはずです。

『源氏物語』とは、そんな彼女の中に山積していたものを一気に排出した結果なのではないかと、私は思います。人間観察力、和歌の能力、漢文の知識、物語の構成力に語彙《ごい》の豊かさ……。それらをひたすら駆使して長大な物語を紡ぎ、読んだ人から評価を得ることによって、彼女は今までにないハッピーな感覚を得たのではないか。

本当は、清少納言などよりもずっと、ちやほやされたいという願望を抱いていたような気がする、紫式部。彼女が今の世に生きていたなら、「日本女性初のノーベル文学賞受賞！」などということになって、

「そんな、私なんて……」

などと言いながらも素敵な着物をあつらえて授賞式に参加し、たくさんの賞賛の拍手を浴びたのではないでしょうか。

あれほどの物語を書きながら、そんな幸せを味わえなかった彼女が可哀相にもなるのですが、しかし女性にとって不自由な時代に生まれたからこそ生まれたのが、あの

物語。そう思うと、そんな「もしも」を考えるのは、無駄なことのような気もするのでした。

第三章　藤原道綱母

藤原道綱母　ふじわらのみちつなのはは

九三六？—九九五（承平六？—長徳一）。平安前期の歌人。父は藤原倫寧。藤原兼家の妻の一人として道綱を生むが、その結婚生活の不幸は『蜻蛉日記』につづられる。『後拾遺和歌集』以下の勅撰集に入集し、赤染衛門・弁乳母らと歌の贈答がある。中古三十六歌仙の一人。

貴公子との結婚

平安時代の女性について考える時に悩ましいのは、その名前の扱い方です。天皇と結婚した人とか天皇の娘とか、とにかく相当高位の女性でないと、女性の名前は後世に残っていません。もちろん名前は存在していたのでしょうが、記録に残されていないため、我々がどう呼んだらいいのか、困ってしまうのです。

今までご紹介してきた清少納言《せいしょうなごん》にしろ紫式部《むらさきしきぶ》にしろ、それは彼女達の名前ではありません。清少納言の「清」は、清原《きよはら》家の出だから、ということであり、「少納言」の方は不明。身近に少納言職の人がいたからそうなったのでしょうが、それが誰かは、わからないのです。

紫式部にしても、「式部」は身近な男性の官職名で、「紫」については、『源氏物語』に登場する「紫の上」由来の文字とされている模様。

彼女達が遺《のこ》した作品によって、我々はその性格をかなり細かなところまで知っているというのに、名前は知らない。……という現象は、平安時代における女性の立場を、よく表していましょう。夫や父親の官職に由来する名で呼ばれる女性というのは、夫が社長なら妻も社長夫人と呼ばれる、という感じか。平安時代の女性達の呼び名は、すなわち彼女達が何を後楯《うしろだて》としているか、を表すのであり、どのような後楯を持つかが、彼女達の生きる道を決めたのです。

この章で取り上げるのは、「藤原道綱母《ふじわらのみちつなのはは》」。読んで字の通り、藤原道綱という人のお母さんです。今風に言うならば、

「道綱くんママ」

ということになりましょう。

彼女もまた、本当は名前を持っていたはずです。が、どのような名前だったかは、わかっていません。

それは『蜻蛉《かげろう》日記』の作者としての彼女個人のことを考える時、非常に困る状態なのです。世のお母さん方も、

「『○○くんママ』とか『××ちゃんママ』としか呼ばれないで生きていると、自分というものが無くなってしまいそうでとても嫌だ」

といったことをおっしゃいますが、個人が個人としてあろうとする時、名前というものは重要な存在。後世の我々にとっても、『蜻蛉日記』の作者が「道綱くんママ」でしかないと、彼女の輪郭をはっきりと思い描くことができません。

室生犀星《むろうさいせい》は、『蜻蛉日記』をベースとした『かげろうの日記遺文』という物語を記していますが、この中で「道綱くんママ」に、「紫苑」という名前を与えました。やはり、主人公が名無しのままでは、犀星も書きづらかったのでしょう。

しかし私は、「紫苑」もどうも、ピンとこないのでした。室生犀星の時代は「紫苑」は素敵な響きだったかと思うのですが、今となっては多少のキラキラ感が文字づらに感じられるせいかもしれません。

では『蜻蛉日記』の作者のことを、何と呼べばいいのか。……と考えてみたのですが、私が適当な名前をつけるというのも、おこがましい。いっそイニシャル、とはいえそれにしても手掛かりが無いので、ミチツナズ・マザーと永年呼ばれてきた彼女でありますから、「M」と呼ぶことにいたしましょうか。

Mは、清少納言や紫式部よりも、少し前の時代の人です。女性の生没年も記録されていない、この時代。清少納言は九六六年頃の生まれかとされていますが、Mは九三六年頃の生まれか、という説があります。平安時代にものを書く女性は、地方官である受領《ずりょう》層の娘であることが多いわけですが、彼女の父もまた、藤原倫寧《ともやす》という一受領でした。

となると「菅原孝標女《すがわらのたかすえのむすめ》」のように、彼女も「藤原倫寧女」と呼ばれてもよかったはず。しかしそうではなく「藤原道綱母」と呼ばれたのは、父の倫寧よりも、息子の道綱の方が、メジャー感が強い存在だったからでしょう。受領というのは、経済的には潤うけれど、格的にはそれほどではないポスト。出世街道に乗っていたわけではない父のもとに生まれた娘が、なぜ父よりも出世した息子を持つことができたのか。

……というと、そこには「誰と結婚したか」という問題が浮上します。Mが結婚したのは、藤原兼家《かねいえ》。当時、時流に乗った家の生まれです。その父は右大臣で、兼家の兄弟も皆出世しており、姉妹達は天皇に輿入《こしい》れもしているという、名門セレブ一族の出身なのです。

名門の貴公子である兼家に見初められた、一介の受領の娘・M。『蜻蛉日記』は、その頃の記述から始まります。当時、兼家は二十六歳、Mは十九歳頃。

普通は、人を介すなどして求婚の意を取り次がせるものなのに、兼家はMの父親である倫寧に直接、冗談とも本気ともつかない様子で、婚意をほのめかしてきたのだそう。そうかと思うと、いきなり馬に乗った使いの者に文すなわちラブレターを持たせ、倫寧邸を訪ねさせます。その文も、紙は適当だし手蹟《て》もぞんざい……ということで、「いとぞあやしき」と、Mは思うのでした。

が、「あやし」と思わせるのが、兼家の手だったのかもしれません。セレブ一族の貴公子だからといって、俺は美々しい紙に繊細な文字など書かないぜ。……とばかりに、あえて雑な文を送ることによって、兼家はMに、自らの自信を見せつけたのではないでしょうか。

十九歳頃といったら、当時は決して結婚するのに早すぎる年齢ではありません。Mはどうやら美人だったようですから、それまでも彼女の許《もと》には男性からの求婚がたくさんあったことでしょう。後の書物には、Mについて〝日本三美人の一人〟などと書いてあるそうですし、別の書には「きはめたる和歌の上手」とも記されているのです。

和歌が上手《うま》くて美人となったら、モテる要素が揃っています。彼女は若い頃から「モテる女」としての自覚を持っていたように思いますし、並みいる求婚者を、かぐや姫ばりに「フン」とあしらっていたのではないか。

そこにきて、兼家からの求婚。Mに取り入ろうとする様子もなく、がさつな感じで迫ってきた彼の態度が、モテる女にとっては新鮮だったに違いありません。猫撫《ねこな》で声ではなく地声でアピールする兼家に、Mは「他の男とは違う！」と思ったのではないでしょうか。

当時の慣例として、女性側は求婚されたからといって、「はい喜んで!」と、がっつくことはしません。断りの歌を詠んで返す、M。しかしもちろん兼家も、断られたからといって「そうですか」と引き下がるはずもなく、また文を寄越す。……というやりとりが、しばらく続きます。

M側としても、兼家からの求婚は、悪い話ではなかったのだと思います。受領の娘であるMにとって、兼家との結婚は、いわば玉の輿。憧《あこが》れのセレブライフが……といった下品なことは思わなかったであろうにせよ、「もしかして私、未来の摂政《せっしょう》夫人?産んだ娘が東宮《とうぐう》に入内《じゅだい》して、孫が帝《みかど》になったりして?」といったことは、夢想したかもしれない。

しばらくは歌のやりとりが続き、やがて兼家がMのところにやってくることとなりました。この時代、男女が「会う」ということは「する」ということ。三晩続けて「会う」ことになれば、結婚成立となります。

しかしこの時代の結婚は、今の結婚とはだいぶイメージが異なるものです。まずは招婿《しょうせい》婚、つまり女性のところに男性が訪ねていくスタイルであることが、大きな違い。「楽そうでいいじゃないの」と思うかもしれませんが、女性はひたすら夫を待っていなくてはなりませんでした。

さらにこの時代は、一夫多妻制。兼家にもまた、既に時姫《ときひめ》という正妻格の女性がいました。のみならず、後々わかってくるのは「兼家、色を好む」ということ。

今を生きる我々は、「そういうのを結婚と言うんですかね？」と思うものです。我々には一夫一妻制度の感覚がしみついているのであって、平安時代の結婚は、結婚というより「普通より親しい女に対するちょっとした約束」という感じ。結婚にまつわる感覚は、今よりもずっとゆるいものだったのでしょう。

招婿婚および一夫多妻という当時の制度は、Mを苦しめます。結婚制度が一夫多妻を許しているからといって、当時の女性が精神の持ち方を制度に合わせていたわけではありません。多くの女性は、「夫に別の女がいても、当然のこと。何も感じません」と思うことはできない。制度および男性の心は一夫多妻なのに、女性の心は一夫一妻を求めていたのであり、だからこそ嫉妬《しっと》の感情が発生してしまうのです。

『蜻蛉日記』では、初めてMと兼家が会った記述のすぐ後に、もう初めての夜離《よが》れについての記述を見ることになります。おそらく兼家も、初めて会ってしばらくは、Mに夢中になったことでしょう。噂にたがわぬ美人だし、それだけでなく才女でもある。こんな女もいるのだな……と、二人の恋情は燃え盛り、Mとしても一夫一妻的世界にいるかのように、うっとりしたのではないか。

しかし恋の最初の盛り上がりは、必ず沈静化します。しばらくすると、二晩続けて兼家がMの許を訪れない、という事態に。届いたのはただ、文のみ。

それが、Mの苦しみの始まりでした。

「消えかへり露もまだ干《ひ》ぬ袖《そで》の上に　今朝はしぐるる空もわりなし」と、Mは兼家に返します。この頃はまだ、「私の袖は涙で乾かないし、おまけに外は時雨《しぐれ》……」と、寂しさと悲しさを訴えることが、彼女にとってのコケットリィとなったのでしょう。

が、夜離れはこれで終わりではありませんでした。この後、寂しさや嫉妬は、Mの想像を超えて膨張し、M自身も、自らの心の取り扱いに苦慮するほどに。

『蜻蛉日記』というあえかな名前で呼ばれる作品ではありますが、その作者の心は強く、そして硬いものでした。「道綱母」としか名が残っていない一人の女性は、自らの心をどう扱おうとするのか。個性豊かな嫉妬の軌跡が、始まります。

男女の間の深い溝

受領の娘であった「M」こと道綱母が、藤原兼家という名家の子息に見初められて、結婚。……という出来事は、一種のシンデレラストーリーのように見えるものです。

しかし平安時代の玉の輿物語がシンデレラストーリーたり得ないのは、一夫多妻制のせい。Mが結婚した時点で、兼家には既に別の妻がいましたし、ということはMの後にも別の妻が登場する可能性が大。むしろ登場して当たり前、ということになります。

当時の女性達はその辺りの事情はよく知っていたでしょうから、別の女が現れても嫉妬などしないのではないかと思いきや、そうはいきません。兼家との結婚後、ほどなくして最初の夜離れとなり、寂しい思いをしている頃に、今度はMの父である倫寧が、陸奥守《みちのくのかみ》として旅立つこととなったのです。

Mは倫寧を、たいそう頼りにしていました。その父が、都から遠く離れた地に行ってしまうことは、どんなに心細かったか。当時、陸奥といったら、ほとんど外国のような地だったはず。父の旅立ちに際して、Mは悲嘆に暮れるのです。

倫寧もまた、同じ気持ちでした。Mのことを心配した倫寧は、「娘を頼みます」という気持ちを込めた和歌を、兼家に詠むのです。

しかし兼家は、父と娘のそんな気持ちは、全《まった》く理解していません。Mが沈み込んで

いると、

「なぜそんなに悲しんでいるのだ。よくあることじゃないか。そんなに落ち込むということは、私を頼りにしていないということだね」

などと言うのでした。

この時、Mは一種の絶望感に包まれたのではないかと私は思います。すなわち、「この人は、私のことを何もわかっていない。否、わかろうとしていない」と。

父親の深い慈愛に包まれて成長してきたMが、兼家と結婚した途端に、夜離れに見舞われてしまう。「この結婚は正しかったのか」という不安も募ってきたであろう時に、頼りにしていた父が遠い任地へと旅立つ……。

夫は、Mのそんな寂しさに向き合う気配もなく、

「よくあることじゃないか」

と一蹴《いっしゅう》。Mはこの時に、男と女の間にある、暗くて深い溝の存在に気づいたのではないでしょうか。

やがてMは身ごもり、結婚の翌年の八月末に、男の子すなわち道綱を出産します。出産の時は兼家も色々と親切にしてくれたのであり、Mも幸せな気分を味わったことでしょう。

しかし九月、ショックなことが起こります。Mのところに来ていた兼家が帰った後、そこにあった文箱《ふばこ》の中を見てみると、兼家が別の女に書いた手紙が入っていたではありませんか。今であったら、不倫相手に宛てたメールやLINEを見てしまった、といったところです。

夫のメール等を見てしまった妻達は一様に、

「見るつもりなんて、無かったんです。ただ何となく夫のスマホ（なり、パソコンなり）をいじっていたら、たまたま見つけてしまって……」

と言うものです。が、それはたいてい嘘。何か怪しいと思うからこそ、妻は夫の通信機器をいじくるのであって、「ただ何となく」「たまたま」見えてしまうことなどは普通、ない。

Mの場合も、同様だったように思います。兼家の様子が、どこかおかしい。……ということで、ゴソゴソと探偵作業をしてみたところ、手紙を発見したのではないか。

夫の不倫メールを発見してしまった妻達は、「見た」とも言えずに、悶々《もんもん》と苦しむことになりがちです。が、Mは泣き寝入りをしませんでした。手紙の端に、

「疑はしほかに渡せる文見れば　ここや途絶えにならむとすらむ」

と書きつけて、戻しておいたのです。「怪しい……、他の誰かへの文があるという

ことは、私への訪れは絶えてしまうということなのかしら」といった意のこの歌、恐ろしいですね。他の女への手紙を発見したMは、自分がその手紙を「見た」とだけでも兼家にわからせなくては、気が済まなかったのです。

夫の不貞を発見した時、妻が取る手は大きく二つに分かれます。すなわち、「下手に騒ぎたてない方が得策」と、浮気に気づいていないフリを続けて夫の出方を静観するか、「気づいた」ということを表明して、夫と一戦交えるか。

Mの場合は、前者と後者の、ちょうど中間にあたる手法を取りました。彼女は割と負けず嫌いな性質なのであり、「この女はまだ気づいていないな」と兼家に思われて好き勝手されることは、我慢ならなかった。

かといって、

「この女は誰なのよ、キーッ！」

と怒るのもまた、はしたない。彼女は美人の誉れ高いモテ女なのであり、プライドもまた高いのですから。

だからこそ、Mは手紙の端に「見た」というしるしをそっと書くという手法をとったのです。私は知っているのだから調子に乗らない方がいいわよ、と。

Mが「見た」と書かずにいられなかった気持ちも、わかります。八月の末に出産したばかりのMが、女への手紙を発見したのは、九月。ということは兼家の浮気は、Mの妊娠中から続いていたことになりましょう。

妻の妊娠中に夫が別の女と……という不倫話は、よく聞くものです。それは、これから母とならんとする女性の心を踏みにじる行為であるわけですが、男性側としたら「だって妻が妊娠中だから……」ということになるのか。

Mもまた、「私が身重の時、あの男は他の女とよろしくやっていた」と思うと、憤懣《ふんまん》やるかたない気持ちとなったに違いありません。手紙に「見た」とくらい、書かずにはいられまい。

しかしやっかいなのは、一夫多妻のこの時代、Mが妊娠中であろうとなかろうと、兼家の行為は不倫でも不貞でもないということです。十月末になると、兼家が三晩続けてMを訪れないということがありました。それはつまり、例の手紙を出した他の女のところに三晩連続して通って「結婚成立」となった、ということ。これで、その「女」もMと同様の権利を持ったことになるのです。

Mはしかし、負けず嫌いな女。「嫌なものは見ないでおきたい」とは思いません。人を使って兼家の後を尾行させ、新しい「女」の素性を探ったのです。夫の浮気に気づいた時、驚異的な探偵能力を発揮する妻がいるものですが、Mもまたそのタイプ。

密偵役の召使は、

「町の小路のどこそこに、車を停められました」

と、報告してきました（「町の小路」は、道の名前）。やはり女のところだった……と、Mは「いみじう心憂し」となるのですが、それでも彼女は、真実を知らずにはいられないのです。

うぬ、次に会った時に何と言ってやろうか……。と、兼家に対する怒りをフツフツと沸き立たせる、M。すると二、三日後の夜明け頃、Mの家の門を叩《たた》く音が聞こえました。兼家が、やってきたのです。

すぐに門を開けて兼家を迎え入れ、「ひどい」「つらい」と泣いてすがって寂しさをアピールするのかと思いきや、Mはそんなことはしません。彼女は兼家を無視、すなわち門を開けなかったのです。

男性に対しては、毅然《きぜん》とした態度を見せるべき。何をされても尻尾《しっぽ》を振っているようでは、「都合の良い女」だと思われてしまいます。……と、二十一世紀の恋愛マニュアルにはしばしば記されており、そういった意味ではMの態度は正しかったのかもしれません。

しかし彼女の兼家に対する態度は、「毅然」を通り越して「意地っ張り」に見えるのです。本当は兼家に会いたい、甘えたいという気持ちが満々であろうに、クソ意地をふり絞って我慢している感じ。

兼家は仕方なく、去っていきます。Mは「町の小路の女のところにでもいったのでしょうよ」と思うわけですが、その時の彼女は、どれほど寂しかったことか。

本当は、どれほど無視してもしつこく門を叩き続ける兼家のことを、「仕方ないわねぇ」と迎え入れたかったであろうに、しかし案外あっさりと兼家は帰ってしまい、「あの女の所に行ったのね」と、Mはさらに悔しく思っている。ああ、私がこの時代に生きていたら、

「Mちゃん、もう少し素直になってもいいのでは？」

と、言ってあげたい……。

翌朝、Mは、

「嘆きつつ一人寝る夜のあくる間はいかに久しきものとかは知る」

と、兼家に詠みかけるのでした。寂しさ満載の歌なのであり、この歌を詠んだ時もMは、兼家から「そんなに辛《つら》かったのか。悪いことをしてしまったね」という気持ちがこもった歌が返されることを期待していたのではないか。

しかし兼家から返ってきたのは、

「げにやげに冬の夜ならぬ真木《まき》の戸も　遅くあくるはわびしかりけり」

という歌。「いやマジで、冬の夜ならぬ真木の戸を開けてもらえないのはつらかったよ」といった感じの、軽めの歌でした。

この時もMは、男と女の間に横たわる溝の深さのみならず、暗さと冷たさとを、思い知りました。しかし彼女は、めげません。溝の存在をどれほど知らされても、「私の感覚を理解しろ」と、この後も兼家に対して迫り続けるのです。『蜻蛉日記』は、単なる貴族女性の日記ではなく、男女の間に横たわる溝の上に、何とか橋を架けようとする一人の勇敢な女性の冒険記と言ってもいいような気が、私はするのでした。

嫉妬の心

夫である兼家に、「町の小路の女」という別の女ができたことを知ってしまった、Mこと道綱母。次第に兼家は、町の小路の女の存在を隠すでもなく、公然と通うようになりました。

兼家は新しい女に夢中になったのでしょう、Mのところへの訪れは途絶えがちに。しかしそのような目に遭ったのはMばかりでなく、正妻格の時姫への訪れも、途絶えてしまった模様です。

その時、Mは時姫のところに、

「そこにさへかるといふなる真菰草《まこもぐさ》　いかなる沢にねをとどむらむ」

との歌を送るのでした。あなたの所にさえ夜離れが続くという真菰草は、いったいどこの沢辺に根を下ろしているのでしょうね。……といった意であるわけですが、Mとしては「お互い、つらい思いをしなくてはなりませんね」と、時姫の肩を叩くような感覚で詠みかけたものと思われます。

しかし時姫からしたら、この歌も行為も、全く嬉《うれ》しいものではないことは、容易に想像がつきます。Mは町の小路の女にカリカリし、「あなたも私も、町の小路の女が憎いという意味では、仲間ですよね？　敵の敵は味方ですものね？」とばかりに歌を詠みかけていますが、時姫にとってはMもまた、町の小路の女と同等の存在。「肩など叩かれたくない」と思うのではないか。

時姫は、

「真菰草かるとは淀《よど》の沢なれや　ねをとどむてふ沢はそことか」

との歌を返します。真菰草が根を下ろしているのはあなたのところではなかったのですか、と。「どこの沢辺に根を下ろしているのでしょうね」というMの問いに対して、「知らんがな」と答えるわけにもいかないので、「あなたの所かと思ってたけれど違うの、へーえ」と応《こた》えたのでしょう。

Mはこの時、嫉妬心に苦しむあまり、他人の心の傷に鈍感になっています。あ、そういえば時姫さまだって私と同じように苦しんでいらっしゃるに違いない。互いに手と手を取ってこの苦しみを分かち合おうじゃないの。……と、嫉妬のつらさのあまり、時姫の心情は無視。Mという女が登場した時、時姫は同じ苦しみを味わっていたということに、想像が全く及んでいません。

時は六月。Mは物思いにふけりつつ長雨の季節を過ごしたのですが、夏には兼家の訪れが全く無くなってしまいました。周囲が、

「すっかりお見限りらしい」

などと噂をしているのもまた、Mのプライドを傷つけます。

そんな中でMは、九月にまた、時姫に歌を詠みかけるのでした。兼家さまとの間に子供もたくさんいるというのに、時姫さまのところにも、あの人はふっつり訪れなくなってしまったというではありませんか。何てお可哀そうな。……と、同情の言葉も綿々と書き連ねます。

最初の歌のやりとりにおいて、時姫のちょっとした嫌味に気づいていれば、時姫を

同じ立場なのですから励ましあっていきましょうねぇ」とばかりに、臆面《おくめん》もなく「私たち、憐《あわ》れむような文を書くことなどできないはず。しかしMは再度、にじり寄っていきます。

対して時姫は、さすがに丁寧な返事をよこすのですが、「まぁ、人の心は移ろいやすいものですからね」というつれない内容。再度込められた嫌味に、Mは気づいたのか……？

次の年の夏、町の小路の女の所では、子供が生まれることになりました。出産に良い方角を選び、兼家と女は一台の牛車《ぎっしゃ》に乗って派手に移動していくのですが、こともあろうかその時に通ったのが、Mの家の前の道。召使達が、

「他の道もありましょうに……」

などとMに同情しているのを聞くにつれ、彼女は死んでしまいそうな気持ちになるのです。時姫に対しては無神経に同情を投げかけておきながら、自分が同情されるのはプライドが許さない、M。無事に子供が生まれたとの知らせを兼家から受けて、さらに気分は沈んでいくのでした。

これが時姫であったら、出産の報を受けた時、たとえ通り一遍のものであっても、兼家にお祝いの言葉を返すことでしょう。しかしMは嫉妬が先に立って、「承知しま

した」としか返しません。良く言えば「自分の気持ちに対して素直」、悪く言えば「感情のコントロールができない」のが、Mなのです。

そんなMの性質は、やがて炸裂《さくれつ》します。町の小路の女に対して、

「あの女の命は永らえさせておいて、私が苦しんだように、今度はつらい思いをさせてやりたい」

と、Mはかねて思っていたのですが、出産後に彼女が耳にしたのは、町の小路の女に対する兼家の寵愛《ちょうあい》が冷めてしまったという話。町の小路の女もまた、Mや時姫と同様の苦しみを味わうこととなったわけで、Mとしては宿願が叶《かな》った、という状態に。

夫が浮気した時、妻の嫉妬は夫ではなく浮気相手に向かうことは、よく知られています。『源氏物語』の六条御息所《ろくじょうのみやすどころ》にしても、嫉妬の思いは光源氏《ひかるげんじ》にではなく、夕顔《ゆうがお》やら葵《あおい》の上《うえ》やらといった、女達へと向かった。六条御息所は、光源氏の女達に対して無意識に抱いていた「死ねばいいのに」という嫉妬の思いが、女達をとり殺してしまったのです。

Mの場合も、嫉妬による憎しみは兼家には向かわず、町の小路の女へロックオン。しかしMは「町の小路の女、死ね」とはなりませんでした。「ちゃんと生きて、私と同等の苦しみを味わってよね」と思っているのが、「死ね」と思うより怖いところ。

その心情を偽ることなく、正直に書き綴《つづ》る彼女に、私は一種の好感を抱《いだ》きます。心の中で黒い気持ちをふつふつと煮詰めながらも、

「お可哀そうに……」

などと口先で言うような人よりも、「苦しめ!」という自分の気持ちを正面から見据えているMの方が、素直なのではないか。もしも私が彼女の女友達であったとしたら、

「わかるわかる、その気持ち。でも時姫さまには、あまり接近しない方がいいんじゃないの?」

と言うような気がします。

町の小路の女は、さらなる苦しみにも見舞われます。大騒ぎして産んだ子供が死んでしまった、と『蜻蛉日記』にはあるのです。夫も子供も、いっぺんに失ってしまった町の小路の女の悲しみは、いかばかりのものか。

……と、普通であればさすがに憎しみをゆるめるような気もしますが、Mはここでも素直な心情を綴ります。すなわち、

「たいした素性ではないのに、事情をよく知らない人達がちやほやするのでいい気になっていたのが、急にこのような目に遭って、どんな気持ちでいることでしょう」

と。さらには、

「私が受けた苦悩よりも、少し余計に苦しんでいるかと思うと、今は胸がすっきりしました」

と、つまりは「ざまあみろ」と思っている。

ここでの「少し余計」な苦しみとは、子供の死を示します。町の小路の女との関係が、Mの妊娠中から始まったということで憎さが募るのはわかりますが、子供の死という苦しみがもたらされたと聞いて、「胸がすっきり」とまで書かせる嫉妬の力、恐ろしや……。

ここでも彼女に欠けているものは、想像力です。彼女は、自分の一人息子である道綱をこよなく愛しているというのに、町の小路の女が産んだ子供の死によって、「もし自分の子供が死んでしまったら」と想像し、「そう考えると可哀そうだわ」と思うことはありません。「胸がすっきり」と書いた直後にも、道綱が片言の言葉を話すようになってきて、兼家の口真似をする、などと我が子の愛らしさを平然と記しているのです。

このような記述を読むと、『源氏物語』において紫式部が、六条御息所のような人物像を作り上げた理由もわかる気がするのでした。あの時代の女性達は、嫉妬と戦う術《すべ》を持っていませんでした。インターネットで浮気相手の素性を調べ上げて対策を練ることもできなければ、気晴らしに美味《おい》しいものを食べに行くこともできない。もちろん、相手の家を訪ねていって、

「別れてくださる？」

などと言うこともできないのです。女性達はただひたすら男性の訪れを待ちながら、家の中で悶々とするしかなかったわけで、積もり積もった思いが生き霊と化して、相手の女性に危害を加える……というのも、十分にあり得そうなこと。

女性達は、夫を責める資格を持っているわけでもありませんでした。一夫多妻の世においては、夫が他に女をつくったからといって、今のようにその関係が非難されるわけでもない。

「契約違反でしょう！」

とは責められないわけで、兼家と町の小路の女の関係にしても、決して不倫ではないのです。

そんな世に生きていたMの正直な記述を読んで思うのは、人間の感情というものは驚くほどに変わらない、ということです。千年前、嫉妬がこれほど苦しいものであることがわかっていながら、人類は未《いま》だ、嫉妬という感情一つ克服することができてい

ません。科学技術などは千年前の人からしたら考えられないほどに発展していても、人間の心の中は、変わっていないのです。

しかしだからこそ私達は、古典を読むのでしょう。昔の人も今の人と同じように苦しんだり悩んだりしていることを知ると、自分の中の悩みも「仕方のないことなのだ」と思うことができる。Mのような正直な心情吐露を読めば、「この人よりはマシなのではないか？」とも思うこともできるわけで、彼女の嫉妬も決して無駄ではなかったのではないか、という気がします。

中年期の叛乱

町の小路の女のところへも、兼家は通わなくなったらしい。そして、彼女が産んだ子供は死んでしまった。……と聞いて、「いい気味」とばかりにすっきりしている、Mこと道綱母。しかしライバルがいなくなったからといって、平和な日々がやってくるわけではありませんでした。

兼家は何せ、色を好む男。Mのことを大切にするかのような言動があったかと思えば冷たい仕打ちがあったりもし、Mの穏やかな精神状態はいつも、長続きしなかったのです。

町の小路の女に関するてんやわんやから十余年が経ち、Mが三十代半ばになった頃。常になく夜離れが続き、Mは心乱れる日々を過ごしていました。

Mは、落ち込むことがあると、すぐに死を思うタイプです。母親が他界した時も、「死にたい」。体調が悪い時も、「死ぬんだわ」。ですからもちろんこの時も、「死にたい」と思い詰めます。

今の世においても、男女関係が思うようにいかない時に、

「死んでやるっ！」

と口走る女性は存在します。が、実際に死ぬ人は少ない。「それほどまでに私は傷ついているの。私に死なれたらあなた、嫌でしょう？　だったらもっと私に優しくした方がいいんじゃないの？」という意味が込められた、それは一種の脅迫であり、また媚態《びたい》でもある。

Mもまた、同じような意味を込めて「死にたい」と言っていたのだと思います。そう言うことによって、兼家をはじめとする周囲の人に対して「もっと私のことを見て！　気にして！　愛して！」とアピールしていたのです。

それが愛を求める行為であるが故に、「死にたい」が口ぐせの人は、無闇に死にま

せん。本当に死んでしまったら愛を受けることはできないわけで、もちろんMも「死ぬ」と言いつつ死なないという、〝死ぬ死ぬ詐欺〟系の人。

この時代には、本当に死ぬ以外にも、擬似的に死ぬという行為があって、それが出家です。配偶者等が亡くなった時や、にっちもさっちもいかなくなった時など、この時代の人はしばしば出家という手段を取ることによって、この世から足抜けをしていました。

兼家の夜離れが続き、「死にたい」となったMも、「とはいえ私には道綱という子供がいるし……。せめてこの子が一人前になるまでは、死ねないわ」と死なないのですが、次に考えるのは出家のこと。

「もう私、尼にでもなってやるっ」

と、Mは十代半ばの道綱に訴えるのでした。

「だったら私も法師になります」

と母を慰める、道綱。この「死にたい」とか「出家する」といったMの発言は、道綱に対する「お母さんって可哀そうでしょう？　あなたは私を見捨てないわよね？　優しくしてくれるわね？」という訴えなのです。

もちろんMは、出家もしません。負けず嫌いのMにとっては、出家によって戦線離脱することもまた、耐え難かったのではないか。

そのうち兼家の新しい女の噂が、彼女の耳に入ってきました。事情通の侍女が、「近江《おうみ》っていう女が怪しいみたいですよ。どうも、色っぽい女みたいで……」などと伝えてきたのです。「そんなこと、Mに言わなきゃいいのに」と私などは思うのですが、「事情通の侍女」はM陣営にとっては諜報《ちょうほう》機関のような役割を担っていたのでしょう。自分が仕えるM陣営のためを思って、情報を仕入れてきたに違いない。

この侍女は、

「夕日を眺めるように、ただ沈み込んでいてはいけません。あちこちお参りにでもお出かけなさいませ」

と、Mに忠言します。「それもそうね」と石山寺《いしやまでら》へと参詣《さんけい》に出かけるM。寺に籠《こも》っている時も「死ぬ算段をしようかしら」などと思っているのですが、その夜に見た夢は、寺の法師がMの右膝《ひざ》に、水を注ぎかけるというものでした。「仏様が見させて下さったに違いない」とMはありがたく思っていますが、水関係の夢は性的な意味を持つという話もあるわけで、Mの場合もその可能性が濃厚という気が……。

翌年になると、「兼家が近江のところに十日通った」と、つまりは婚姻関係が成立したとの噂も入ってきます。さらに落ち込むMは、長精進《ながしょうじん》をして一心に仏に祈ったりするのでした。「昔はお経を読む女なんて見下していたけれど、今は自分がそうなっている……」と思いつつ、涙を浮かべて祈る、M。「こんな私、他人から見たらさぞみじめな姿なのでしょうね」という思いも、プライドの高い彼女を苦しめます。

二十日も勤行《ごんぎょう》を続けると、今度は髪を切って尼の姿になる夢、さらには腹の中にいる蛇がうごめいて肝を食べてしまうという夢も見るのでした。蛇が象徴するのは兼家なのか、それとも自身の抑えきれない感情なのか。いずれにしても精神状態が良くなさそうなMは、今度は西山は鳴滝《なるたき》の般若寺《はんにゃじ》に籠ることにしました。

それまでは、物詣《ものもうで》に行ってもすぐに京に戻ってきたMですが、この時はなかなか戻ろうとしません。死んだり出家したりする勇気はないMにとって、その次に来る捨て身の「私を見て！」アピールが、参籠《さんろう》という名の家出だったのでしょう。

出家と家出、字を逆にしただけですが、意味はかなり異なります。出家には世を捨てる覚悟が伴うのに対して、いずれは日常に戻ることを前提にした突発的行為が、家出。Mにしても、鳴滝からすぐ戻ってしまっては家出をした意味が無いわけで、兼家が迎えに来ても、意地を張って帰りません。

次第にMも、どうしていいかわからなくなってきます。連れてきた道綱は、伝言のために鳴滝と京とを行き来してヘトヘトになっている上に、山での粗末な食事が続いたせいで、痩《や》せてきてしまいました。生理になったので、Mも「帰ろうかしら」などと思うも、京では「出家した」と言われていると思うと恥ずかしくて、帰ることができない。……と、タイミングを失ってしまうのです。

そうこうしているうちに、兼家の正妻格である時姫の息子である道隆《みちたか》が、下山の説得に京からやってきました。道綱の異母兄である道隆は、当時十八、九歳のエリート貴公子。彼の都会的風貌《ふうぼう》は、山暮らしにも飽きてきたMの目には、新鮮に映りました。「あらイケメン」とばかりに少し帰る気になったものの、やはり帰らない。

とうとうやって来たのは、兼家です。京の人からは、「もの笑いのタネにならないうちに帰った方がいいですよ。兼家さまが迎えに行かれるのも、今回が最後でしょうし」といった手紙も、届きました。もの笑い、すなわち「人笑へ」の対象になってしまうという不名誉が、ここでもチラつきます。

兼家からすれば、Mはさぞ面倒臭い女であったことでしょう。少し夜離れが続けば、死ぬだの出家するだの家出するだのと騒ぎ立て、家出をすれば、戻ってこない。彼としては、Mが戻ってこなくともどうということはなかったのでしょうが、やはり世間体は気になるところ。妻の一人が山に行きっぱなしでは面子《メンツ》が立たなかったからこそ、再び迎えに来たのではないか。やはりこの時代、誰しも「人笑へ」になることは避けたかったのです。

山にやってきた兼家は、お香だの数珠だのにまみれたMの様子に呆《あき》れ果てます。

「お前はどうなんだ?」

と道綱に問えば、

「つらいです……」

とつぶやく。

結局、道綱が先導するような形で、Mは山から下りることになりました。都合、三週間の家出となったのですが、この「鳴滝籠り」は、Mにとって中年期の叛乱《はんらん》と言っていい事件となったのです。

Mのそんな捨て身の叛乱が兼家の心に響いたのかというと、そういうわけではなさそうです。鳴滝から戻ってきてすぐ、兼家はMのところに来ると言っていたのに、いきなりすっぽかされてしまいました。「あのまま山にいれば、こんな思いもせずに済んだだろうに」と、Mはまたどんよりした気持ちに。

今の世であれば、「不倫をした」ということで、妻は堂々と夫を叩くことができます。有名人の不倫がばれれば、世間からも攻撃を受けることになる。

しかし多くの妻を持つことが認められている平安の世において、Mの怒りが実を結ぶことは、決してありません。

以前、兼家がさる宮と歌のやりとりにおいて、

「夏引《なつびき》のいとことわりやふためみめ　よりありくまにほどのふるかも」

と、すなわち「二人、三人と妻のところを渡り歩いているうちに時が経ってしまうのだろう。出仕できないのも当然だね」といった歌を詠みかけられたことがあります。

すると、

「七ばかりありもこそすれ夏引の　いとまやはなきひとめふために」

と返した兼家。すなわち、一人二人の妻で時間が無くなるということはない、妻は七人もいるのですからねぇ、と。

兼家が色を好むことはこのようによく知られていたのであり、彼もそれを隠すことはありません。Mについても「うるさいなぁ」くらいの感覚だったのではないか。

さすがに嫉妬を続けることにも疲れたのか、鳴滝籠りの翌年の元日に、

「今年はどんなに憎い人がいても、決して思い嘆いたりしない！」

と誓うM。果たしてその誓いは、功を奏するのでしょうか……？

息子と娘

鳴滝籠りの翌年の元日に、

「今年はもう、思い嘆いたりしない！」

と誓ってみるMですが、もちろんそんな誓いが守られるはずはありません。彼女は変わらず、色々と悩む日々を送ります。

そんな中で、彼女にとっての心の支えであり、救いとなったのは、息子の道綱です。Mにとってはたった一人の子供ということもあって、彼女は道綱を溺愛《できあい》しています。兼家に対する思いの深さを見てもわかるように、彼女は「好きになる力」が強い人。息子を思う心も当然、強力なのです。

たとえば鳴滝籠りの前年、宮中で行われる弓の競射に、道綱が出場するということがありました。これは二組に分かれて弓の成績を競う団体戦であり、勝った側が舞を披露することになっています。

この時、道綱側の組の下馬評は芳しくなかったものの、十六歳の道綱が活躍したこともあって、引き分けに持ち込むことができました。舞も披露することができ、道綱は帝から褒美の御衣《ぎょい》を賜ったのです。

Mは、現場でその姿を見ていたわけではありません。しかし逐一報告を聞くにつけても、我が子の活躍が嬉しくてたまらないのでした。兼家とのことで悶々としていたつらい毎日も忘れて、「あやしきまでうれし」という思いに。

この感覚は、母親としては当たり前のものでしょう。中学のサッカーの試合に、息子が出場。相手は強豪ゆえ、「まず負ける」と言われていたのに、息子がゴールを決めて引き分けに持ち込んだ。ママ友などから、

「道綱くん、すごいじゃん！　まだ一年なのに」

などと言われて、道綱くんママはホクホク、といったところではないか。

兼家の夜離れが続いていたからこそ、道綱の活躍に対するMの喜びはひとしおであった、と言うこともできます。Mはこの頃、ほとんどシングルマザー感覚で生きています。兼家のことは頼りにできないけれど、この子は私のことを裏切らない！　という思いが、道綱の成長とともに、強まったことでしょう。

実際、『蜻蛉日記』を読んでいると、時おり「母子密着」という言葉が浮かんでくるのです。兼家の不在によってどんどん広がる心の空隙《くうげき》を、Mは道綱で埋めようとしています。今でいうところの思春期を迎えた道綱が、その時に「うぜぇよババア」と

なるかといったらそうではなく、道綱も結構、Mの思いに応えている。

たとえば、何かというと「死にたい」とか思うのがMですが、「死にたい」と思った時にはいつも「でも道綱というほだしが私にはいるし……」と、我慢しています。

競射の少し後にも、死にたいけれど我慢して、

「もう私、出家する！」

と道綱に訴えれば、

「母上が尼になったら、僕も法師になって暮らします！」

と、道綱はよよと泣きながら言うではありませんか。

今の世においても、妻が子供相手に夫に対する不満を縷々《るる》述べ、

「私はこんなに可哀そうなのだから、あなたは私の味方になってくれるわよね？」

とばかりに、子供を自分側に取り込もうとするケースが見られるものですが、Mにもそんな感覚があったのでしょう。Mは息子と共に涙を流しつつ、うっとりとした気分を味わっているのでした。

前にも記した通り、Mは鳴滝籠りにも道綱を連れていきます。この時、Mは三十六歳前後、道綱は十七歳前後。

ここでもMは、

「死んだ方がまし……あなたがいるから生きてきたけれど……やっぱり出家した方がいいのかしら……そうしたら私を、哀れと思って面倒見てね」

などと、道綱にじっとりと訴えています。この頃、文章中では道綱のことを「幼き人」などと書いているのに、Mの態度を見れば、完全に道綱に甘え切っている。とはいえ道綱もまだ大人というわけではないのでなすすべもなく、二人は共に泣くばかり。

鳴滝籠り中、道綱は京との間を行き来しているのですが、ある時は彼が出立した後に雷が鳴りだしてしまいました。Mが「道綱は大丈夫かしら」と心配していると、道綱も、

「母上が心配で」

と、京に長居もせずに戻ってきたではありませんか。まさに相思相愛なのです。

道綱は長じて後、今ひとつ出世しない人生を送ったようです。それはMの過保護、と言うよりは、母が一人息子に夫を仮託した上で密着しすぎた少年期を送ったせいなのでは……と思うのは、私の考えすぎなのでしょうか。

鳴滝籠りの翌年頃から、そんなMと息子の関係にも、変化が生じるようになります。道綱も十八歳となって、異性との交渉が生じるようになるのです。

それは、母と息子が牛車を連ねて外出した、帰り途《みち》のこと。相当な身分の人が乗っ

ているとおぼしき女車《おんなぐるま》の後についた時、道綱はグッとくるものを感じたようで、その女車の後を追い、家を突き止めて歌のやりとりをするようになりました。

「え、顔も見ていないのにナンパ？」「ていうかそれ、ストーカー行為じゃないの？」などと、今を生きる人は思うかもしれませんが、当時は相手の顔を見て好きになる、などということはありません。女車の出だし衣《いぎぬ》の感じなどから、道綱は恋に堕《お》ちたのです。女はその後、「大和《やまと》だつ人」と言われることになり、道綱はあの手この手をつかって、言い寄ろうとするのでした。

この、道綱が女車の後を追って行ってしまった瞬間が、Mにとっては子離れの時となりました。別の女性が道綱の前に出現することによって、密着していた母子関係は、次第に離れていくこととなったのではないか。

薬玉《くすだま》を贈ってみたり紅葉の枝を贈ってみたりと、道綱は色々とアプローチしてみますが、大和だつ人はクールな対応です。道綱への返信も、自筆ではなく、従者の代筆で済ませている様子。

大和だつ人と道綱が歌のやりとりをする様を見て、Mは、

「若い人って、こんな感じなのね……」

と思うのでした。少し前まで、自らも「現役」感を覚えていたはず。しかし今、気

がつけば息子が立派な現役となっていたのであり、自分はさだ過ぎた存在であることを、彼女は感じずにはいられませんでした。

道綱が大和だつ人と出会う少し前、Mは養女をもらう決心をしています。かねてMは、「女の子が欲しい」と思っていました。しかし気がつけば四十路《よそじ》が近くなってきて、自分が子を産む可能性は、低くなってきた。養女をもらって、私が死ぬ時に看取《みと》ってもらいたいものよ、と思っているのです。

平安の女性達もまた、老後に不安を抱いていたのだなぁと、この部分を読むと私は思います。仲良くないとはいえども、夫は時の実力者。息子もいる。……けれど、やはり自分が最期を迎える時は、看取り要員として女の子がいた方が安心、とMは思っていたのです。

そういえば『枕草子』には、「ことに人に知られぬもの」、つまり「忘れられがちなもの」として、「人の女親《めおや》の老いにたる」という一文があります。子育て中はまだしも、子供を育て上げた後の老いた母親という存在は、外に出ていくことができる男性とは違って、世間から忘れられてしまうものだった。しかしそんな時も、娘さえいれば安心していられるだろう。……ということで、老境の入り口にさしかかっていたMは、娘を強く欲したのではないか。

そんな時に浮上したのが、「源兼忠《かねただ》の娘が産んだ娘が、たいそう可愛らしいそうな」という話。Mは「その子をもらおうかしら」と思い立ちます。

「兼忠女《むすめ》」というのは、かつて兼家が「しちゃった」女でした。兼忠女が産んだ娘の父親は兼家なのであって、もらおうとしていた娘は、道綱の異母妹なのです。

しかしMは、そのことに対してはさほどキーッとなっていない模様です。「兼忠女っていう人は、特に素敵なわけでもなく、結構年も食っているというじゃないの。兼家様の例の好き心がむずむずしただけなのでしょう」と、上から目線。十二、三歳となり、琵琶《びわ》湖の方でひっそりと母と暮らしているというその娘を、引き取りました。

Mは、娘を可愛がります。娘を得たからこそ、兼家から冷たくされても、また道綱が成長していっても、Mはかろうじて平静を保っていることができたのではないでしょうか。Mは、常に誰か共にいてくれる人が必要なのです。そういった意味でも、また自身の老後対策という意味でも、養女をもらうというのは、良い手だった。

時がさらに進めば、娘のところに求婚者がやってきたり、道綱が大和だつ人を諦《あきら》めて他の女性と交際してみたりするようになります。兼家は、また他の女に子を産ませたようです。しかしMは、「もう気にしないわ……」と、以前より感情をコントロールできるようになっている。

どうやら、Mの時代は完全に終わったようです。今、アラフォーといえばまだ一花も二花も咲かせることができるお年頃ですが、Mは既に引退感覚で、子供達にバトンを託しました。

『蜻蛉日記』の記述もまた、この頃をもって終わります。Mは六十歳頃まで生きたようですので、日記が終わって後、約二十年の余生を送ったことになります。

人生の秋そして冬と言うことができるその二十年を、Mはどのように過ごしたのでしょうか。和歌の名手であった彼女のこと、歌を詠みつつ生きたのか。『枕草子』にあるように、人から忘れられがちな老いた女親として、娘だけを頼りに生きたのか。かつて美人の誉れ高かった彼女の老後は、誰にもわかりません。

第四章　菅原孝標女

菅原孝標女　すがわらのたかすえのむすめ
一〇〇八―？（寛弘五―？）。平安中期の女流作家。母は藤原倫寧の娘。母の姉は『蜻蛉日記』の作者。『源氏物語』に強くあこがれる。橘俊通と結婚。著書『更級日記』。また『浜松中納言物語』『夜半の寝覚』などの作者とも。一〇五九（康平二）年までの生存確実。

京への思い

この章で取り上げるのは、『更級《さらしな》日記』の作者である、菅原孝標女《すがわらのたかすえのむすめ》。例によって「菅原孝標という人の娘」という事実だけが残っており、本人の名前はわかりませんので、タカスエズ・ドーターということから、彼女のことは「T」と呼びたいと思います。

『更級日記』と聞いて浮かぶのは、「千葉の方に住んでいて、あーあ、物語が読みたいわ……って、悶々《もんもん》としていた女の子のお話でしょう?」というイメージかと思います。確かにその通りであり、この日記は上総《かずさ》国すなわち今の千葉での暮らしに関する記述から、始まります。

今の日記と違って、この頃の日記は、その日にあったことをその日に書いたわけではありません。後になってからまとめて書いたのであり、Tの少女時代の話も、少女のTが書いたものではない。

『更級日記』は、Tの晩年に記された作品のようです。Tは五十三歳頃に没したという説がありますが、その人生の終わりに近くなってから、来し方を思い返して書いたのが『更級日記』である模様。上総国での少女時代から始まり、老いて寂しい日々を送るまでが記されているということで、コンパクトな作品ながら、Tという女性の一生を、私達は知ることができるのでした。

『更級日記』の最後近くには、夫に先立たれ、寂しく暮らすTの心情が記してあります。そんなある日、甥《おい》が訪ねてきた時にTの口をついたのは、

「月も出《い》でで闇にくれたる姨捨《をばすて》に　なにとて今宵たづね来つらむ」

という歌。これは、『古今集』の「我が心慰めかねつ更級や　姨捨山に照る月を見て」（よみ人知らず）を踏まえた歌です。古くから棄老伝説で知られている姨捨山は、月とセットで語られることが多いもの。しかし姥捨状態であるTの心の中には月すら見えず、「月も出ない真っ暗な姨捨山を、どうして今宵、訪ねてくれたの？」と、そのどんよりした心境を詠んだのです。

『更級日記』のタイトルの由来とされているのは、この部分です。「我が心」の歌に「更級」が詠まれているのが、本作品の唯一の、「更級」関連箇所《かしょ》。ということはこの

タイトルは、意外に寂しい語感を湛《たた》えていることになりはしないか。

……と思うこともできるのですが、しかしTの人生は、そう寂しいものでも不幸なものでもないのでした。上総時代の記述から始まることを見てもわかる通り、Tもまた受領《ずりょう》の娘として生まれます。地方長官である受領は、そう高い地位ではないけれど、「儲《もう》かる」仕事ではあったらしい。

受領の常として、Tの父親である菅原孝標は、転勤族でした。『更級日記』の冒頭は上総国での思い出であり、そこから京へと戻る旅が記されるということで、これはいかにも受領の娘らしい作品。紫式部《むらさきしきぶ》も清少納言《せいしょうなごん》も、Mこと道綱母も、そして和泉式部《いずみしきぶ》や赤染衛門《あかぞめえもん》も皆、受領の娘ということで、平安女流文学の担い手達の多くが、「受領の娘」であったことは、以前も書きました。ではなぜ、受領の娘達は「書いた」のでしょうか。

まず、その「高すぎない」という身分が、ものを書くにはちょうど良かったのではないかと、私は思います。東宮《とうぐう》や天皇に輿入《こしい》れするような一流のお嬢様の場合は、あまり自由に書くわけにはいきません。和歌は詠んでも、散文や物語で心情を吐露しまくらない方がよい、という自制があったのではないか。対して受領の娘には、適度な自由がありました。

Tのみならず受領の娘達は、父親の赴任地についていく経験をしています。『枕草子《まくらのそうし》』には、船に乗っている時の不安な気持ちが臨場感たっぷりに記される部分がありますが、それは清少納言が父の任地である周防国《すおう》へ行った時の記憶と思われる。

紫式部の場合は、かなり大きくなってから越前国《えちぜん》で過ごしています。彼女は、当時としては当たり前のことながら、強力な〝京都中華思想〟の持ち主。越前暮らしの折も、京へ帰りたくてたまらないムードの歌を詠んでいます。『源氏物語』において、播磨守《はりまのかみ》になった後にそのまま出家し、現地に居ついた明石《あかし》の入道《にゅうどう》のことが相当な変わり者として描かれているのも、また「源氏の娘が明石などという田舎で育ってしまったら大変」と、明石の君から引き離されて京の紫の上の手元で育てられるのも、さもありなんという感じ。

新幹線や飛行機やパソコンがあるわけでなく、京と地方の格差が今とは比べものにならないほど大きかった、当時。京の貴族の娘達は、父親について田舎に行かなくてはならないという事態を、喜んで受け入れたとは思えません。田舎には美しい自然があれど、何も本物の大自然を体感しなくとも、それは歌枕から想像していればいいもの。京の華やかな世界から離れたくない……、と思いつつ、都人《みやこびと》は泣く泣く旅立ったのではないか。

しかしそんな体験も、受領の娘達にとっては糧となりました。深窓の令嬢であったら決してできない田舎暮らしという体験を、受領の娘達はしている。それはつらくもあったでしょうが、娘達の人生に幅をもたらしたのではないか。

さらに彼女達の中には、子供の頃に田舎暮らしを体験した後、大人になってから貴顕の女性に女房として出仕する体験を持つ人もいます。清少納言と紫式部、それぞれの女主人がともに一条《いちじょう》天皇の妻であり、かつライバル関係にあったことは、以前も記した通り。Tもまた、出仕経験を持っています。

地方での生活、そしてキャリアウーマンとしての生活。身分が極端に高いお嬢様だったらしない&できない体験を積むうちに、受領の娘の中で表現意欲を持つ人達は、自らの中に積もり積もったネタを「外に出したい」と、つまりは「書きたい」と思うようになったのでしょう。それも花鳥風月や感情の機微といった和歌向きの事象だけでなく、滑稽《こっけい》なことも格好悪いことも腹立たしいことも、文字数制限等のルールに縛られることなく、思い切り書きたくなったのではないか。

Tもまた、そんな「受領の娘」の一人であったわけです。彼女が上総国にいたのは、十歳からの三年間。思春期に入るか入らないか、という頃でした。

Tは上総国において、「物語」というものが読んでみたくてたまりませんでした。

一緒に下向していた継母や姉の口から、物語についての話を漏れ聞いて、「何て面白そうなの!」と、思っていたのです。

しかし、上総に物語の現物は存在しません。継母や姉も、貴重な物語を田舎まで持ってくることはできなかったし、もちろん書店などない。文化は、そう簡単に手に入るものではなかったのです。

Tは、物語が読みたいあまり、等身大の薬師仏を造ってしまいました。そして身を清めてから、

「一刻でも早く京に上らせてくださり、数多《あまた》あるという物語を、ありったけ私に読ませてください!」

と祈るほど、切羽詰まった思いを抱えていたのです。この時代に「地方に住む」というのは、つまりこういうことでした。

『枕草子』の「うれしきもの」の段においても、「物語の一巻目を読んで、続きをぜひ読みたいと思っているところに、残りの巻を読むことができた時」といったことが書いてあります。これは、アマゾンでポチッとすれば翌日には読みたい本が届く今の私達が、忘れがちな感覚です。しかしそんな私達も、本が届く翌日までのほんのわずかな時間が、長く感じられたりもする。「京都に帰るまで、物語を読むことができな

いなんて」と絶望するTの、思い余って仏像を造って祈るという健気《けなげ》さが、愛《いと》おしく感じられるではありませんか。

Tの薬師仏への祈りが通じたのか、やがて孝標は京へと戻ることが決まります。Tが上総時代のことで記したのは、「物語が読みたい！」ということのみでした。

上総という土地のことはほとんど書かず、京へと向かう旅のことを詳しく書く、T。そこから感じるのは、京に対する思いの強さです。京とはすなわち、物語がある場所。京へと近づくことが嬉《うれ》しくてたまらず、上総への未練は、全く見られません。

旅の記録は、詳細です。たとえば足柄山《あしがらやま》では、旅人に歌を披露する遊女達に出会いました。五十がらみ、二十歳ほど、そして十四、五歳という三人連れの遊女達は、姿も声も美しく、恐ろしい足柄山の山中であるからこそ、余計にその存在は印象的。少女のTは、夢ともうつつともつかぬ気分で、遊女を眺めたことでしょう。

駿河《するが》国では、富士山《ふじさん》の威容を記しています。「紺青を塗りたるやう」な山肌に雪が常に積もっている様は、「濃い紫の衣の上に、白の衵《あこめ》（子供の衣服）」を着たように見える。そして頂上からは煙が上がり、夕方になると炎も見えた、と。平安時代、富士山は噴火を繰り返す活動期だったのです。

三河《みかわ》国では、歌枕で有名な「八橋《やつはし》」を実際に見て、「名のみして、橋のかたもなく、なにの見どころもなし」と、バッサリ。当時から、ガッカリ名所というものはあったようです。

九月の初旬に上総を出立し、途中で病となって足止めされたりしながら、京に到着したのは十二月の初旬。約三ヶ月の旅でした。最後は琵琶湖《びわこ》畔の粟津《あわづ》から、逢坂《おうさか》の関を通って、三条にある自邸へと到着したのです。

三年ぶりに京に戻って、Tは何を感じたのでしょうか。十歳からの三年を、「あづま路の道の果てよりも、なほ奥つ方」で過ごした、T。「いかばかりかはあやしかりけむ」、つまり「私ったら、どれだけ田舎っぽいかしら」という自覚は持っています。そんなTが、京へと戻ってまず、求めたものは何かといったら……もちろん、あれしかありません。

平安の〝中二病〟!?

受領であった父親の転勤に伴い、十三歳の時に上総国から京都へと戻ってきた、Tこと菅原孝標女が、京都の街並みを見て「さすが京都だわ」と感動した、といった記述は、『更級日記』にはありません。彼女が父の家に戻ってきてからまず母親に対し

て言ったのは、

「物語を探してきて読ませて！」

ということでした。彼女にとって京都とは、「物語がある地」。上総国では、「物語読みたさに仏像まで彫っていた彼女ですから、京に着いてまず思ったのが、

「物語はどこっ？」

であっても、不思議はありません。

母親は、衛門《えもん》の命婦《みょうぶ》という親戚《しんせき》に頼んでくれた模様です。衛門の命婦は、物語が書いてある立派な冊子を数冊、贈ってくれました。

Tはこの冊子を、昼夜ぶっ通しで読み続けます。それはきっと、飢えた人が食べ物にありついた時のようだったことでしょう。

すぐに読み終えてしまったTは、「もっと読みたい……」と思うのでした。とはいえ田舎から戻ってきたばかりのTの一家は、京都にそうコネがあるわけではありません。印刷技術がない時代、一冊ずつ書き写さなければならない物語は、貴重品。衛門の命婦がくれた冊子も、さる貴顕が持っていたものを下賜《かし》されたということでした。

そんな時、Tは悲しい別れを経験することになります。実はTの実母は上総国へは同行せずに京都に残っており、Tにとっては継母にあたる女性が、孝標とともに東《あずま》へ

と下っていました。Tは継母とともに上総国に滞在していたのですが、二人の相性は悪くはなく、Tは継母に親しみを感じていたのです。しかし帰京後、何があったのか継母と父との関係が悪化。継母は、父の家から去ることになってしまいました。

それだけではありません。やはり上総国に一緒に行っていた乳母《めのと》が、流行していた疫病で亡くなってしまったのです。Tはすっかり落ち込んで「物語も読みたくない」と思うほどだったのですから、その悲しみは、いかばかりのものだったか。

そんな時、落ち込んでいる娘を見かねて実母が与えたのは、やはり物語でした。物語もいらないと思うほどに悲しんでいたけれど、やはりTの手は伸びていき、読んでいるうちに次第に心が晴れていく……。

この時、実母がTに与えたのは、『源氏物語』の一部であったようです。当然ながらTの胸は、

「続きが読みたい！」

という思いでいっぱいに。

親が太秦《うずまさ》の広隆寺《こうりゆうじ》に参籠《さんろう》するというので一緒に行った時も、他のことはさし置いて、

「『源氏物語』を、一巻から最後まで読ませてください！」

とばかり祈っていました。

そんな折、田舎から京へと戻ってきた親戚の女性をTが訪ねた時のこと。

「あーらよく来てくれたわねTちゃん。すっかり大きくなって。きれいになったじゃない？」

とばかりに歓迎され、帰りにはお土産をもたせてくれることになりました。女性は、Tの性格をかねて聞いていたと思われ、

「実用的なものをあげても、あなたは面白くないでしょう？ 欲しがっているって聞いたから……」

と、『源氏物語』五十余巻のセット、のみならず他の物語の数々も、持たせてくれたではありませんか。

Tはこの瞬間、「盆と正月が一緒に来た」程度の表現では間に合わないほどの喜びを感じたことでしょう。それまでは『源氏物語』の一部しか読むことができなかったので、胸をどきどきさせつつも、もどかしい思いでいっぱいだったT。それが最初から全て、読むことができるのですから。

几帳《きちょう》の内にこもって腹ばいになり、彼女は読書に没頭しました。誰からも邪魔されずに、好きなだけ『源氏物語』を読む。Tはこの幸福感を、

「后《きさき》の位も何にかはせむ」

と、表現しています。すなわち、女性にとっての最高位であるお后様になる喜びだって、私の今の気持ちにはかなわないでしょうよ……というほどの絶頂感を、覚えていたのです。

明るいうちはもちろんのこと、夜も起きていられる間はずっと、灯《あか》りの近くで読み続けていたT。一種のおたく気質を感じさせる、耽読《たんどく》ぶりです。物語を読むこと以外は何もせずに過ごしていたので、そのうち自然に文章が脳裏に浮かんできたりするようにもなりました。ほとんど物語の中の住人となっていたのでしょう。

物語とリアル世界の区別が曖昧《あいまい》になってきた中で、彼女は夢を見ます。それは黄色い袈裟《けさ》を着たしゅっとした感じの僧がやってきて、

「法華経の五の巻を早く習いなさい」

と言う、というもの。

この夢は、彼女の中にあった罪悪感が見させたものだったのかもしれません。今、子供達がどこかで「やめなきゃ！」と思いながらもついゲームに没頭してしまうように、彼女もまた「いい加減にせねば」と思いながら、読書をやめられずにいたのではないか。

物語を読めずにいた時は、仏像を彫ったり寺に籠《こも》ったりしてお祈りを捧《ささ》げていたの

に、いざ物語が手に入ってからは、仏様のことなんてしらんぷり……という罪悪感も、どこかにあったことでしょう。ちなみに全八巻ある法華経の中で、女人の成仏について記されているのが、第五巻なのだそう。

そんな夢を見ながらも、しかしTは当然、法華経を開きはしませんでした。彼女が思っていたのは、

「私はまだ幼いからパッとしないけど、お年頃になったら美人になって髪も伸びるにちがいない。で、『源氏物語』に出てくる夕顔《ゆうがお》とか浮舟《うきふね》みたいになるのだわ！」

ということだったのです。

十代前半と言えば、恋に恋する頃。私も中学生時代、少女マンガなど読んでは、Tと同じようなことを思っていましたっけ。自分は今は地味でブスな中学生でしかないけれど、あと数年したら、このマンガみたいに劇的な恋に落ちるに違いない、などと。今の言葉で言うならばTもそして私も、中二病というやつだったのではないか。

Tがこの時、「私もいつか……」と思い浮かべていたのが夕顔や浮舟であるというところもまた、いかにも中二病です。夕顔と言えば、若き日の源氏が、ひょんなことから出会った女性。むさくるしい土地の立派とは言えない家に住んでいた夕顔にグッときてしまったのは、源氏がお嬢様ならいくらでも手に入るお坊っちゃまだったから

でしょう。

すっかり夕顔に夢中になった源氏は、ある時、

「もっとゆっくりできる所で一晩過ごそうよ」

と、夕顔を無理矢理、連れ出してしまいます。夕顔を車に「軽らかにうち乗せ」る、源氏。その部分を読みながらTは、源氏からお姫様抱っこされて車に乗せられる自分の姿を思い浮かべて、うっとりしていたのではないか。

光源氏亡き後の物語である宇治十帖《うじじゅうじょう》に登場する浮舟もまた、お姫様抱っこで連れ去られる女君です。宇治で隠遁《いんとん》する八《はち》の宮《みや》を父に持つ、大君《おおいぎみ》と中《なか》の君《きみ》という姉妹が、宇治十帖の主役。二人に思いを寄せるのは、薫《かおる》と匂宮《におうのみや》という、名門の貴公子です。

姉の大君は、素直に薫の思いを受け入れられず、そのうち死去。中の君はようやく匂宮と結ばれる。……のですが、そこに突然登場するのが、姉妹の異母妹である、浮舟でした。腹違いとはいえ妹ということで、姉妹と似た面影を持つ浮舟に、薫も匂宮も惹《ひ》かれていくのです。

当初は薫に囲われていた浮舟に対し、匂宮は連れ去り行為に出ます。浮舟を「かき抱きて出で給《い》ひぬ」ということで、お姫様抱っこで船に乗せ、対岸の家に連れていってしまうのでした。その家で二日間過ごした二人が、愛欲の限りを尽くしたであろう

ことは、想像に難くありません。

このように、夕顔と浮舟と言えば、『源氏物語』に登場する女君の中でも、「連れ去られる」系の二人なのでした。それだけでなく、二人を待っているのは、悲劇的な行く末。夕顔は、源氏に連れて行かれた家で、六条御息所《ろくじょうのみやすどころ》とおぼしき生霊にとり殺されてしまいます。そして浮舟は、匂宮との関係が薫にばれて、宇治川に入水《じゅすい》。『源氏物語』において、お姫様抱っこは悲劇とセットになっているのでした。

Tとしては、そのセットに心焦がれたのだと思います。実際のTは、上総国に行って戻ってきたり、継母が去ったり乳母が亡くなったりといった山だの谷だのは経験したものの、ごく平凡な受領の娘としての日々を送っていました。「ああ、誰かが私を違う世界へと連れ去って、めくるめくような体験をさせてくれないものか……」と、思っていたのではないか。

夕顔と浮舟の二人は、そう高い身分ではなかったことも、共通しています。二人とも高い身分の令嬢でないからこそ、光源氏も匂宮も、「連れ去り」という相手を舐《な》めた暴挙に出ることができたのでしょう。そしてTも、自分が受領の娘であることを考えると、六条御息所や朧月夜《おぼろづきよ》に憧《あこが》れるのは無理があるわけで、「貴公子から『発見』されて連れ出される」という二人の物語の方に、自分を重ねることになったのです。

Tのその後の人生が、夕顔や浮舟のようにドラマティックであったかと言えば、もちろんそうではありません。しかしこの頃、彼女は自由に自分の将来を夢想することができました。いつかきれいになって、髪も伸びたら私は……と、持ち前の想像力をのびのびと広げることができた最も幸せな時代が、彼女にとっては『源氏物語』を耽読していた十代の頃だった気がするのでした。

夢見る女

「私はまだ幼いからパッとしないけど、お年頃になったら美人になって髪も伸びるにちがいない。で、『源氏物語』に出てくる夕顔とか浮舟みたいになるのだわ！」と夢見ていた、十代のTこと菅原孝標女。物語に没頭しがちな彼女は、『源氏物語』の登場人物に自らを重ね合わせて、うっとりしていたのです。

そんな気質は彼女だけのものではなく、彼女の姉もまた、物語好きで夢見がちなタイプだったようです。たとえばある五月の夜、Tが物語を読んでいると、猫の鳴き声が聞こえてきました。「あら」と思っていると、

「私達で飼いましょうよ」

と、姉。

少し前からこの猫は居ついていたのですが、身分が低い召使達の方には寄りつかなかった模様。するとある晩、姉の夢に猫が出てきて、

「私は侍従《じじゅう》の大納言《だいなごん》殿の娘なのです」

と言ったというのです。

侍従の大納言とは、字が上手なことで有名な、そして清少納言とも仲良しだった、藤原行成《ゆきなり》のこと。その娘が少し前に亡くなっていたのですが、なんと猫に生まれ変わった、と。

Tは姉と似た者同士ですので、

「お姉ちゃん、何バカなこと言ってるの」

とは言いません。

「あなたは侍従の大納言の姫君なのね。大納言殿にお知らせしたいわ……」

などと、Tも猫に語りかけては、可愛がっている。姉妹共々、リアリティーを重視するタイプではなかったようです。

また同じ頃、月の美しい晩に姉妹で縁側に座って空を見上げていた時、姉はTに突然、

「私が今、どこかへ飛んでいってしまったらどう思う?」

と、ファンタジックなことを言い出しています。もしかすると姉は、妹以上に夢見がちな性質だったのかも。

しかし姉は、夢見がちな性質のせいだけでこの発言をしたのではなかったようです。彼女はこの発言をした二年後、出産の折に亡くなってしまいました。自らの死をどこかで予見していたからこその、「私が飛んでいってしまったら」という発言だったのではないか。目に見えないものをどこかで感じとる、そんな力を姉は持っていたのかもしれません。

Tも『更級日記』に、夢の話を頻繁に書いています。『源氏物語』全巻を手に入れて、「后の位も何にかはせむ」というほどに没頭して読んでいた頃、僧に「法華経の五の巻を早く習いなさい」と言われる、という夢を見たということは、前節でもご紹介した通り。源氏中毒となっている自分に対する罪悪感が、Tにその手の夢を見させたのではないか、という気はします。その後に記される夢も、宗教関連のものが多いのでした。

ちなみに、たとえば『枕草子』には、「こんな夢を見た」といった話は、一度も出てきません。そのことによって私は清少納言の極めて現実的な性格を感じ、「私と一緒だわー」などと思うわけです。

『平安貴族の夢分析』(倉本一宏　吉川弘文館)には、紫式部は『源氏物語』においてストーリーの中で夢を印象的に使っているのに対して、『紫式部日記』には夢のことは記していない、とあります。夢を物語における題材として扱う技量を持つ紫式部は、自身は夢に左右されない冷静なタイプ。もしかすると清少納言以上に現実的な性格であったからこそ、あの長大な物語を破綻《はたん》なく書き続けることができたのかもしれません。

また『蜻蛉日記《かげろうにっき》』には、自分の腹の中にいる蛇が生肝を食べるといった、なかなかに激しい夢が描かれています。藤原道綱母は、自らの激しい性格に自分でも手こずって、その手の夢を見たのでしょう。

実は道綱母の姪《めい》であるTは、平安時代の日記文学作者の女性達の中でも、夢のことを書くのが好きという意味では、随一の存在です。『更級日記』に記される夢が、全て現実に見たものかどうかはわかりませんが、いずれにしても彼女は、日記を現実にあったことだけで構成することが、嫌だったのでしょう。本当に見た夢であれ見たような気がする夢であれ、ふわふわとした手触りを、自らの作品の中に混ぜておきたかったのではないか。

ちなみにTは、『浜松中納言物語《はままつちゅうなごんものがたり》』の作者とされています。Tの好きそうな要素がそこここにちりばめられているこの物語、はっきりとTの作品とは断言できない模様ですが、読めば読むほど「どう考えてもTが書いたでしょう、これは」と思えてくるのです。

『浜松中納言物語』と聞いてまず思い浮かぶのは、三島由紀夫《みしまゆきお》の最後の作品として知られる『豊饒《ほうじょう》の海』です。全四巻の長大なこの作品、夢そして転生というモチーフがちりばめられて物語が進んでいくわけですが、その典拠となったのが、『浜松中納言物語』。

『浜松中納言物語』の主人公は、式部卿宮《しきぶきょうのみや》の息子である、若き中納言です。式部卿宮が亡くなった後、唐から戻ってきた者から彼が耳にしたのは、「式部卿宮が、唐の帝《みかど》の第三皇子として転生している」という話でした。中納言は、父の生まれ変わりだという皇子に会うため、唐へ。……ということから、物語は始まります。

中納言は、明らかに光源氏を意識したキャラクターとなっています。光り輝くばかりに美しいのみならず、何をしても他を圧倒。唐に行っても、彼の地《か》の人々から「こんな素晴らしい人は我が国にもいない」と絶賛される上にモテモテ、というスーパーマンぶりであり、いかにも『源氏物語』好きなTが書きそうな主人公です。

主人公の亡き父君が実は生まれ変わっている……という大胆な物語を読んで思い起こすのはもちろん、行成の娘の生まれ変わりとして猫を可愛がっていた、Tとその姉のことなのでした。仏教の輪廻《りんね》転生の思想から言えば、人間が猫に生まれ変わるというのは、「畜生道《ちくしょうどう》におちる」こと。エリート貴族である行成のお嬢様がその畜生道に、という発想も、かなり大胆と言えましょう。

人↓猫という転生は、Tの姉が「発想」したことではなく、夢のお告げではあるのです。しかしそういった夢を見るのも、またそれを信じるか否かも、個人の性質に左右されること。行成の娘の死去というニュースを耳にした時に覚えた複雑な感情が、Tの姉にそのような夢を見させたのではないでしょうか。

姉と似た気質を持つTも、『浜松中納言物語』において、日本人が異国で生まれ変わるという、大がかりなストーリーを考えました。今の我々が読むと、ほとんどSFのようなファンタジーのような、この転生譚《たん》。そして『豊饒の海』第三部の「暁の寺」は、既に死んでいる主人公がタイ王室の七歳の王女に生まれ変わっていて……という話なのであり、平安時代の夢見がちな女性の発想は、千年の時を超えて、昭和の大作家に刺激を与えたのです。

『浜松中納言物語』は、ファンタジー要素だけで進むお話ではありません。源氏は

「ちょっと病気なのでは？」と言いたくなるほどの色好みですが、中納言もまた然《しか》り。中納言は唐に行った後、唐の后と「して」しまい、子供までできるのですが、それは源氏が父の妻である藤壺《ふじつぼ》と「して」しまって妊娠させる、という流れと似ています。

やがて中納言は、日本に戻ってきます。彼は日本でもモテモテなのであり、唐から到着した地である九州を治める役人の娘とも、色々あった後に京で「して」しまうのでした。

娘に対して、

「連れていってどこかに隠してしまいたい」

などと中納言が言うのも、『源氏物語』における夕顔のお話を思い起こさせるシーン。その後、中納言が「平凡な地位の女って、グッとくるよね……」などと思っているのもまた、夕顔が高い身分の女ではなかったからこそはまってしまった源氏っぽい。

Tは子供の頃、「夕顔や浮舟のようになりたい」と願う少女であったわけですが、その思いは、かなり成長しても抱き続けていました。『更級日記』には、

「最近、世間の人は、十七、八歳から経を読んだり勤行《ごんぎょう》をしたりするようだけれど、私はそんなことをする気にはならない」

と、書いてあります。ではそんなTが何を夢想していたのかといえば、

「うんと高い身分で、光源氏のように格好良い人が、年に一度でもいいから通ってきたら……。浮舟のように山里にひっそりと隠し住まわせられて、季節ごとの自然を眺めながら寂しく暮らし、その方からたまに届く素敵なお手紙を楽しみに眺めたりなんかして……」

ということ。彼女の中二病は、二十歳前後となっても、まだ治っていませんでした。『浜松中納言物語』を彼女が何歳の頃に書いたのかはわかりませんが、夢の中で育《はぐく》まれた彼女の欲望と妄想が、この物語に結実した気がするのです。

「将来の夢」というように、まだ見ぬ未来を表す「夢」と、夜に見る「夢」。夢には二つの意味がありますが、Tはその二つとも、大切にする人だったようです。夢の世界と現実との間に高い垣根を立てなかったからこそ、彼女は『浜松中納言物語』のような作品をも、記すことができたのではないか。

日記には夢の話を書かず、物語には夢を重要なモチーフとして使用した、紫式部。彼女はきっと、シビアなほどに現実的な性格だったのではないかと思われますが、対してTは、日記にも物語にも、夢という要素を多用しました。

そんな彼女は、ではその人生において、ずっとふわふわとした夢子さんであり続けることができたのかというとやはりそんなことはなく、彼女にもやがて、現実と向き合わなくてはならない時がやってきます。彼女は果たして、どのように現実と折り合いをつけていったのでしょうか……？

アラサーおたく娘の現実

夢の話が大好きで、『浜松中納言物語』というファンタジー要素の強い作品も書いたとされる、Tこと菅原孝標女。彼女が、仏に祈ることもせず、「浮舟みたいに暮らせたらな〜」などと妄想にふけっていた頃、彼女の父親である孝標に、常陸介《ひたちのすけ》の辞令が下りました。

上総介の任が解かれ、帰京するところから『更級日記』は始まっていますが、それから孝標がさらなる任国を望み続けて、既に十二年。やっと得た司《つかさ》でしたが、しかし常陸という国は、京から近いわけでもなければ、上国というわけでもありません。とはいえ背に腹は替えられず、孝標は遠いアズマへと旅立ちます。この時Tは既に二十五歳、親についていく歳でもなく、孝標は妻子を置いて、単身赴任をすることとなったのです。

父との別れに際して、Tの「浮舟みたいに暮らせたらな〜」といったホワホワした気分は、吹っ飛びました。孝標はこの時、六十歳という高齢。アズマに行ってしまったら、もう二度と会うことができないかもしれません。Tは、涙ながらに父親を見送るのです。

両親が揃っている時はあまり感じなかったのに、どちらか一人が他界すると、急に残された親をうとましく感じる、ということがあるものです。私も、父親が亡くなった後、父親という受け止め手をなくした母親の個性が行き場をなくして迷走気味になっていることに、急にイラつきを感じたものでしたっけ。

孝標は亡くなったわけではありませんが、父親が常陸へと去ってからのTも、残された母親に対して、軽くイラつきを感じていました。彼女は母親のことを「いみじかりし古代の人」と、つまりは「甚だしく時代遅れな人」と書いているのですが、それというのも母親が、

「長谷寺《はせでら》なんて、恐ろしい所！」

とか、

「鞍馬寺《くらまでら》、おっかない！」

などと、物詣《ものもうで》をするにも、いちいち物怖《ものお》じするから。

何とか母親を清水寺《きよみずでら》へと連れて行ったTなのですが、参籠したはいいものの、Tの

妄想癖はまたぞろ出てきて、お参り中も上の空。対して母親は熱心に祈禱に励むのであって、平安時代の負け犬母娘《おやこ》の珍道中、という感じがいたします。

そうこうしているうちに四年の任期を終えて、孝標が常陸から戻ってきました。二十九歳になっていたTはたいそう喜んだのですが、しかしそこで彼女が実感したのは、親の老い。孝標は、

「私はもうすっかり年をとってしまった。老いぼれが世間にしゃしゃり出るのもみっともないことだから、引退するよ……」

などと、頼りないことを言いだします。また母親は出家し、家の中の別室に住んで、勤行三昧《ざんまい》の生活に。いわば親が二人とも、現役から引退してしまったのです。

孝標は、自分では世に交わることをせず、もっぱらTを頼りにするように。とはいえTも、物語おたくとしての生活を満喫しているうちに独身生活が長くなったアラサー娘ですから、

「では私が」

と表に出るタイプでもなく、心細さは募るばかり。

そんな時、ある人から、

「何もせずにぼんやり心細く暮らしているのであれば、女房として出仕しては?」

という誘いが、Tにありました。確かに周囲の人からしたら、アラサーでおたくの娘が結婚するでもなく老親とともに漫然と暮らしているのを見れば、

「働けば？」

と言いたくもなるでしょう。

しかし、Tの両親はなにせ「古代の人」。宮仕えというのはとても大変だという噂を聞いていたので、Tを家に置こうとしたのですが、

「今時の人は皆、出仕するものですよ。外の世界に出れば、佳《よ》いご縁を摑《つか》むこともあるかもしれないのだし、試してみては？」

とさらに言われ、Tはしぶしぶ出仕することになります。

紫式部も清少納言も女房として出仕していたわけで、女性にとって宮仕えは、特別なことではありませんでした。しかし女性が宮仕えすることに対して偏見もあったことは、清少納言の章でもご紹介した通り。近代になってからも、「職業婦人」が一段低く見られていたという時代はありましたから、働く女性はずっと、世間の偏見と戦っていたのです。

古代の人であるTの親もまた、「女の子が外で働くなんて」という考えを持っていたのかもしれません。が、次第にTも、「女の子」とは言っていられない年になって

きました。Tが祐子《ゆうし》内親王家へ初めて出仕したのは、三十二歳の時のことだったのです。

祐子内親王とは、当今《とうぎん》の後朱雀《ごすざく》天皇の、第三皇女。その前年に誕生したばかりであり、Tはその御所である高倉殿へ、まず一晩だけ〝お試し出勤〟してみました。しかし彼女は、アラサーでおたくの負け犬であるのみならず、物語を読むことに熱中して人付き合いもろくにせず、〝古代〟な両親の陰に隠れてばかりいたという、ニートかつ引きこもりでもありました。いきなり華やかな御所に飛び込んでも何をどうしていいのかもわからなくていたたまれず、夜明け頃、早々に退出してしまったのです。

紫式部も清少納言も、フレッシュマンとして宮仕えを始めた当初は皆、身の置き場がなく、つらい思いをしたようです。最初はつらくても、次第に新しい環境に慣れていくのが常であるわけですが、しかしTの場合は、そううまくはいきませんでした。

お試し出勤の後、Tは再び高倉殿に参上して正式な勤務を始めたのですが、やはり見知らぬ人々と一緒の暮らしには、慣れません。女房というのは基本的に住み込み業務であり、同僚と一緒に寝起きしなくてはならないのですが、三十年もの間、ニートで引きこもりをしていた身にとっては、他人の気配が感じられるスペースで寝るのがつらい。実家の家族を思い出しては泣く、という状態になります。

十日ほどの勤務を終えて実家に帰ってみれば、今度は親の方も、

「お前がいないとすっかり寂しくて……」

などと泣いているではありませんか。

紫式部も清少納言も、一度結婚し、子供を産んだ経験をした上で、夫と死別や離別をして宮仕えをしていました。後楯《うしろだて》をなくしたからということで女房勤めを始める女性も、多かった模様です。対してTの場合は、ずっと親がかりだった身。親子ともども、子離れそして親離れが、できずにいたのでしょう。

とはいえそのまま女房生活を続けていれば、さすがのTも慣れてはいったのだと思いますが、Tの両親は、そうさせませんでした。孝標達は、Tを高倉殿から退かせて家に入れ、結婚させてしまったのです。

その時にTが詠んだのが、

「幾千《いくち》たび水の田芹《たぜり》を摘《つ》みしかは思ひしことのつゆもかなはぬ」

との歌。今まで思いを尽くして苦労を重ねてきたけれど、思ったことがつゆほども叶《かな》ったことはなかった。……といった意味合いです。

結婚の経緯は定かではありませんが、相手は当時三十九歳の橘俊通《たちばなのとしみち》。Tは、三十三歳になっていたのであり、当時の女性の初婚年齢としては遅い方でしょう。どうせ

結婚させるのなら、もっと早くさせればよかったのに、と思わないでもありません。婚期を逸し気味だったとはいえ、Tは決して結婚を切望していたわけではなさそうです。彼女はただ、両親のもとでいつまでも物語を読みながらひっそり暮らしていられたらなぁ、と望んでいたのではないか。しかしそうはできずに宮仕えに出され、親から「適性無し」と判断されると、今度は結婚させられる。……ということで、「思ひしことのつゆもかなはぬ」。

結婚は、Tに現実というものを突きつけたようです。日常の雑事にまぎれて、あれほど好きだった物語のことも、すっかり心から消えてしまいました。

「どうして長い間、特にすることもなく日々暮らしている間に、勤行や物詣もしなかったのでしょう。私が夢想していたことって、現実にあり得ることだったのかしら。光源氏のような人は、この世のどこにいるっていうの？　薫が宇治に女君を隠して住まわせるだなんて、現実には無理。私ったら何て馬鹿馬鹿しい、つまらないことを考えていたのかしら」

……と、Tはハタと目が覚めたような気持ちになるのでした。長い間、安全なゆりかごの中で、物語を読みつつ夢を見ていた彼女にとって、結婚は成人式のような役割を果たしたようです。

その後、姉の遺児が祐子内親王のところへ出仕したのをきっかけとして、Tも再び、宮家へ顔を出すようになりました。夫は下野守《しもつけのかみ》であり、生活は安定しています。いわば主婦のパートのような感覚で、気楽に宮仕えをしていたようで、独身のまま宮仕えをしていた時のような悲愴《ひそう》感は、そこには漂いません。

浮舟のような生活を夢見ていた独身時代から一転して、Tは現実に目覚めたのですが、彼女は本当に物語を捨てることができたのでしょうか。やっとまともな道に入ったと言うこともできるものの、それでいいのかT、という気持ちも、しないでもないのですが……。

淡い恋、そして晩年

橘俊通との結婚によって、物語と夢とに彩られた生活から足抜けをした、Tこと菅原孝標女。「光源氏だの薫だのって、今までは馬鹿なこと考えてたわ〜」という心境になります。

親に結婚させられたとおぼしき夫・俊通は、光源氏や薫とは、かけ離れたタイプだったのでしょう。現実に光源氏のように素敵な人はそういないとしても、俊通は文才もさほど無かった模様。つまり夫は「つまらない人」であったに違いなく、子供はもうけたようですが、夫についての記述は、『更級日記』にほとんど見られません。

とはいえ俊通は、夫にするには良い人だったように思います。Mこと藤原道綱母は、Tにとっては伯母《おば》にあたりますが、『更級日記』は『蜻蛉日記』のように、女をつくりまくる夫への嫉妬《しっと》が記される書ではありません。俊通はさほどモテもせず、仕事もそこそこといった、平凡な受領だったのでしょう。

安定した結婚生活を送りつつ、たまに祐子内親王のところにパート的に勤めに出る。……というTの生活は、主婦にとって理想的のようにも思えます。しかしだからこそちょっとした刺激を求める気持ちが忍び寄ってくるのは、平安の主婦も今の主婦も、変わりのないところ。

俊通は、Tとの結婚の翌年、下野守として赴任しました。Tは京に残ったのですが、その時に彼女は、源 資通《みなもとのすけみち》という男性と出会うのです。

祐子内親王が住んでいた高倉殿で十月に行われた不断経《ふだんぎょう》の夜が、その出会いの場。Tが同僚の女房と一緒に、声の良い僧達の読経《どきょう》を聞いていると、近くに一人の殿上人《てんじょうびと》がやってきて、彼女達に話しかけてきたのです。

その殿上人が源資通だったのですが、彼は至って上品な態度でした。こんな時、好色めいた声をかけてくる男性が「世のつね」だというのに、彼は「世の中のあはれなることども」について、「こまやか」にトーク。Tの父親や夫が受領階級であったのに対して、資通はエリート貴族でした。そのあたりのハイソさが、滲《にじ》みでていたのかもしれません。

平安貴族達の定番の話の種として「春と秋、どちらがよいか」というものがあったようですが、資通はこのことについて言及。しばし春と秋の優劣を語り合うのでした。Tはこの時の資通の言葉を、逐一、そして延々と、書き記しています。良い人だけれど凡庸な夫を持つTにとって、時雨《しぐれ》の音を聞きながら、上品で教養を感じさせる資通と過ごした夜は、よほど印象的だったのではないか。

その晩、Tは自分がどこの誰なのかということは資通には知られず、別れたつもりでした。しかし翌年の八月、宮について宮中に供奉《ぐぶ》した時のこと。管弦の調べを一晩中楽しんだ後に明け方の月を眺めていると、退出する人々の中にいた一人の男性が戸口で話しかけてきて、

「あの時雨の夜のことが片時も忘れられず、恋しく思っています」

と言うではありませんか。資通と、再びの邂逅《かいこう》です。ゆっくり話す時間はありませんでしたが、彼の「片時」とか「恋しく」といった言葉は、人妻・Tの心をズキュン

と射貫《いぬ》いたことでしょう。

その後もTと資通がすれ違うことはありましたが、二人の間に色めいたことはなかったようです。しかし資通との甘い思い出を、Tは飴玉《あめだま》を大切にしゃぶるように、心の中で転がし続けたに違いありません。

このように淡い恋も体験はしましたが、Tの毎日は穏やかに過ぎていったようです。中年期のTが夢中になっていたのは、物詣。あちこちの寺に行っては参籠、という日々を過ごしています。

ある時は、初瀬《はつせ》(長谷寺)のお参りに出発する日が、ちょうど大嘗会《だいじょうえ》の御禊《ごけい》と重なりました。即位後に行われる重要な儀式の前に、天皇が賀茂《かも》川で斎戒をするということで、京の人のみならず田舎からも見物人が押し寄せる騒ぎだったようです。

そんな日に出発するということに周囲の人は反対したのだけれど、

「いいじゃないか、好きにしたら」

と理解を示すのは、夫の俊通。やはり、良い人です。そうして出発したTが、途中で宇治を通った時は、「これがあの、宇治十帖の舞台……。浮舟はこんなところに住んでいたのね」と、思いを馳《は》せたりもしています。

中年女性達が旅を好むのは、平安の世も今の世も同じ。しばし家庭から離れて、自らの来し方そして行く末に、中年達は思いを馳せるのです。

家庭生活の合間に、たまの物詣を楽しむ。……そんな生活に、Tは充足感を得ていました。物詣の合間には、

「何事についても、思い通りにいかないこともない、という人生。遠出する道中の様子を、『あら素敵』とか『まあひどい』などと見ることによって心をなぐさめる物見遊山の旅だけれど、とはいえ御仏《みほとけ》のご加護は頼もしく、さしあたってつらいことは無い。ただ子供達が思い通りに育ちあがる様を見たいと思ううちに年月は過ぎ去り、せめて頼りにしている夫が人並みに任官してくれればと強く思っていて……」

といったことを書いています。

結婚前に夢見ていたような、めくるめく恋に生きる人生では、ない。しかし受領の妻として子供達を育て、仏様を信仰し、これといった不足も無いという生活に、Tは満足しています。年をとったからこそ、安定した生活の貴重さに気づいたのでしょう。

そうこうしているうちに、Tは五十歳となりました。今時の五十歳とは違い、既に老境といった感覚を持っていたものと思われます。身体の具合もあまりよくなく、

「昔は思うままに物詣に出かけたりしていたけれど、もう無理。そう長く生きることもなさそう」

などと思っているのです。彼女が思うのは、やはり子供達が立派に成長すること、そして夫の任官なのでした。

そんな折、俊通に任官の話がありました。夫はこの時五十六歳ですから、年を考えても、京から近い国に行きたいところ。しかしそんな思いとはうらはらに、任ぜられたのは信濃《しなの》国の国司でした。この結果についてTは、「いと本意なくくちをし」と、書いています。親の頃から繰り返し経験していたあづま路よりは近いそうだから、仕方がないと思うしかないけれど……、と。

Tの父である菅原孝標が上総から戻ってきたところから始まる、この日記。上総の後の任地は常陸国ですから、京の人からすれば僻地《へきち》ばかりという感覚ではないか。夫もまた、Tとの結婚後に任じられたのが下野国ですから、確かにTはあづま路に縁があります。信濃は京に多少は近いかもしれませんが、Tとしては「またあっちの方！」という思いだったのでしょう。

俊通はその後、息子を連れて旅立ちました。見送りの人達から、「ご立派に出立されました」という報告を受けたTですが、その明け方に、たいそう大きな人魂《ひとだま》が現れて京の方へと飛んでいった、との話も聞いたのです。

後から思うとそれは、不吉な前兆でした。八月に信濃へと旅立った俊通は、おそらく体調を崩したものと思われるのですが、翌年の四月には京に帰ってきます。そして九月末に床に臥《ふ》すと、十月初旬には帰らぬ人に。

深い悲しみに暮れる、T。ああ、何の役にも立たない物語や歌のことにばかり熱中していないで、昼も夜も御仏にお経を捧げていたならば、このようなことは経験せずに済んだのか。……と、昔のことを後悔するのでした。

夫に先立たれたTは、一つの夢を頼りに暮らします。それは夫の死の三年前に見たもので、Tが住んでいた家の庭に、阿弥陀如来《あみだにょらい》が立っているという夢。あまりのことに近くまで寄ることができずにいると、阿弥陀如来は、

「では今回は帰って、後でまた迎えにきます」

と言った、と。夢を重視するタイプのTとしては、この夢によって、「いつか阿弥陀如来が迎えに来てくれる」と、死後の世界の安寧を信じたのではないか。

Tが何歳まで生きたかは、はっきりしません。しかし彼女の老後は、寂しいものであったようです。前にも挙げたように、人に会うことも滅多になくなり、たまに甥《おい》が訪ねてきた時、

「月も出でで闇にくれたる姨捨に　なにとて今宵たづね来つらむ」

との歌を詠んだとの記述が。月も見えぬ闇の中で、姨捨状態の自分。そんな私をど

うして訪ねてきたの、と。

また秋の夜には、

「ひまもなき涙にくもる心にも　明かしと見ゆる月の影かな」

と、泣く泣く月を眺める心境を記すのです。

以前もご紹介しましたが、『枕草子』には、「ことに人に知られぬもの」つまり「忘れられがちなもの」として、「人の女親《めおや》の老いにたる」という文章があります。母親というものは、子供を育て上げた後、その存在感が薄れがちであることを清少納言は記しましたが、Tもまた、老いた女親の孤独を味わわなくてはなりませんでした。若い時は空想の世界に、そして結婚後は家族と信仰とに拠《よ》り所を見出《みいだ》した彼女が老後一人になった時、目の前に広がっていたのは、茫漠《ぼうばく》たる孤独……。

上総で「物語が読みたいっ！」と渇望していた時代から、孤独に涙する晩年までを記したTの日記は、孤独を見つめながら、ここに終わります。紫式部や清少納言のようなスター女房だったわけではなく、特にモテたりしたわけでもない、T。しかしその内面に「夢」をたっぷり抱えて、彼女は生きていました。結婚前の、物語世界への憧れ。結婚後の、源資通への淡い恋。……彼女の内面にたぎる夢の世界は、おそらく老境に至っても、消えはしなかったことでしょう。

ドラマティックなことばかりが起こるわけではない、現実。しかし夢の世界に目を転じれば、いくらでもドラマを体験することはできる。……と、Tは私達に今も教えてくれます。Tの精神は、夢の中ではばたく女性達の中で、今も継承され続けているのだと、私は思います。

第五章　和泉式部

和泉式部　いずみしきぶ

生没年不詳。平安中期の女流歌人。父は大江雅致、母は平保衡の娘。和泉守橘道貞と結婚し小式部内侍を生む。のち為尊親王や敦道親王と恋愛関係に入るが、両親王とも死別。その経過は『和泉式部日記』に詳しい。道貞とも離別し、その後上東門院（藤原彰子）に出仕し、道長の家司藤原保昌と結婚した。情熱的な恋愛歌を多く残し、家集に『和泉式部集』がある。中古三十六歌仙の一人。

はかなき世の中

福島県の、猫啼《ねこなき》温泉という地に行ったことがあります。近くに住む知人を訪ねたついでに、

「猫啼っていう名前が可愛いから、行ってみよう」

ということになったのです。

何ら予備知識を持たずに訪れてみると、そこはさほど情緒を感じさせる地ではありませんでした。が、なぜ猫啼温泉という名がついたのかといういわれが、面白かった。何でも、「和泉式部《いずみしきぶ》が飼っていた猫の痔《じ》が、この温泉で治った」ということだったのです。

「和泉式部って、福島にいたの……？」

「猫も痔になるの……？」

と、我々の頭の中には色々な「?」が浮かんできたのですが、この地に伝わる話によれば、和泉式部は近在の有力者の娘として生まれた、ということになっているそう。美女の誉れが高かった彼女はやがて京都へと上り、その時に置いていった愛猫が、式部恋しさに啼き続けて痔になったのだけれど、泉に浸かっているうちに治ったのだ、と。

寂しさと痛さでミャーミャー啼きながら温泉に浸かる猫を想像すると可愛らしくも微笑ましいのですが、しかしこの話の信憑《しんぴょう》性が高いとは言えなそうです。和泉式部の父親は京都の貴族ですし、福島方面に赴任したこともないのですから。

ではなぜ福島に和泉式部伝説が、ということになるのですが、それは福島に限った話ではありません。北は東北から南は九州まで、和泉式部がそこで生まれたとか、和泉式部がやってきたとか、和泉式部の墓があるといった和泉式部伝説は全国に残っているのであり、柳田國男《やなぎたくにお》はそのことについて『女性と民間伝承』という本を著しているのでした。

本の中で柳田國男は、歌を歌いながら全国を巡っていた女性芸能者達と、和泉式部伝説の関連性を指摘します。和泉式部に関する逸話を語り歩く芸能者がいたから、彼女の伝説が広い範囲の地域に残っているのだ、と。

ではなぜ、それが和泉式部であったのか、という気はします。メジャー感で言えば、紫式部《むらさきしきぶ》や清少納言《せいしょうなごん》の方が強いけれど、両者の出生地や墓といわれる場所が日本全国に点在しているわけではない。

そういえば小野小町《おののこまち》もまた、全国に小町伝説が見られる女性ですが、和泉式部と小野小町といえば、「美女、そしてモテる」といった印象が共通したところです。小野小町はその実在も定かではない女性ではありますが、絶世の美女ということが伝えられ、やはり出生地や墓を名乗る地はあちこちに。

色よりも才気に勝った印象の紫式部や清少納言よりも、美と恋とに彩られた女性の方が、女性芸能者達が歌ったり語ったりする題材としては、魅力的な存在だったのかもしれません。「ここで生まれたことにしたい」とか「ここを墓にしよう」といった動きもまた、美女イメージが流布していたからこそ、各地で生まれたのではないか。……などと私は思うわけですが、そんな魅力を湛《たた》える和泉式部とはどのような人だったのかを、この章では考えてみたいと思います。

和泉式部の生没年は、例によってはっきりしていませんが、紫式部よりも少し後に生まれ、十世紀後半から十一世紀前半を生きたものと思われます。父親は大江雅致《おおえのまさむね》。幼い頃から、和歌の才能を発揮していたようです。

最初の結婚相手は橘道貞《たちばなのみちさだ》という受領《ずりょう》であり、道貞が和泉守《いずみのかみ》であったことから、彼女は和泉式部と言われることとなりました。二人の間には、一人娘の小式部《こしきぶ》が生まれます。

しかし二人の仲は、長続きしませんでした。道貞が陸奥守《みちのくのかみ》となった頃には、別離状態にあったようなのです。なぜ別れることになったのかが書き残されているわけではありませんが、一つ推測できる原因は、「和泉式部の不貞」。

彼女が為尊《ためたか》親王と恋愛関係を結び、為尊親王亡き後は、その弟である敦道《あつみち》親王と付き合ったということは、よく知られています。『和泉式部日記』は、『更級《さらしな》日記』のように著者の人生を振り返ったものではなく、主に敦道親王との恋について記した作品。為尊親王との恋は、道貞との夫婦生活が終わるか終わらないか、という微妙なタイミングで、始まったようです。天皇の息子という高貴な立場の男性に惹《ひ》かれていく、和泉式部。夫はそんな妻に嫌気がさして、陸奥《みちのく》へ。……というのは、いかにもありそうな話ではありませんか。

平凡なサラリーマンを夫に持つ、いずみ。

「また転勤することになったよ。今度は東北」

などと夫に言われた時、「私、このままでいいのかしら」と、彼女はふと思ってしまう。自分はまだ若く美しく、仕事の才能もあるつもり。それを東北の地に埋もれさせていいのか、と。ちょうどその頃、彼女の美と才に惹かれて近寄ってきた良家の子息がいたのであり、ダブル不倫の関係ではあったものの、つい惹かれてしまういずみであった。……といったストーリーを、想像したくなってしまう。

では この為尊親王とは、どのような人物であったのでしょうか。彼が冷泉《れいぜい》天皇の第三皇子として生まれたのは、貞元《じょうげん》二年（九七七）のこと。

この時代、天皇の位は、二つの皇統を行き来していました。村上《むらかみ》天皇の息子である冷泉天皇が退位した後は、冷泉天皇の弟である円融《えんゆう》天皇が即位。以降、冷泉系と円融系が交互に即位するという状態だったのです。すなわち円融天皇の後は、冷泉天皇の息子である花山《かざん》天皇が即位し、その後は円融天皇の息子の一条《いちじょう》天皇が即位。その後は冷泉天皇の息子の三条《さんじょう》天皇が……という具合だったのであり、この状態は、五十年ほど続いたようです。

この時代は、いわゆる外戚《がいせき》政治の時代でもありました。藤原《ふじわら》氏が天皇に娘を嫁がせ、次世代の天皇を産ませる。そうすることによって藤原氏は、天皇の外祖父として政治に力を発揮していったのです。藤原氏は冷泉系、円融系それぞれに娘を送り込むのですが、次第に冷泉系よりも円融系の方が、力を得るようになっていきます。

冷泉天皇の息子で、円融天皇の次に即位した花山天皇に関する悲劇は、『枕草子』でもちらりと触れられています。時の実力者である藤原兼家《かねいえ》（Mの夫ですね）は、冷泉系の花山天皇を早く退位させて、円融系の一条天皇を即位させようと、息子達と画策していました。一条天皇の母親は、円融天皇の女御の詮子《せんし》。詮子は兼家の娘ですから、孫の一条天皇が即位すれば、兼家の権力は、盤石のものとなります。

花山天皇を謀《たばか》り、出家させてしまった兼家と息子達。花山天皇の出家と退位は、当時の京の貴族達にとっても「寝耳に水」という感じであったのでしょう。

『枕草子』には、その直前に開催された法華八講の様子が描かれています。花山天皇の後見役を務めて時を得ていた藤原義懐《よしちか》が、法華八講の時は何とも華やかな様子であったのに、その二十日後には花山天皇の出家事件が起こり、義懐も出家せざるを得なくなってしまった。……と、この世の儚《はかな》さがここでは記されるのでした。

花山天皇の退位によって即位した弱冠七歳の一条天皇に、兼家の長男である道隆《みちたか》はその後、娘の定子《ていし》を嫁がせました。その定子にお仕えしたのが、清少納言。しかし道隆の弟である道長《みちなが》もまた、自身の娘である彰子《しょうし》を一条天皇に嫁がせたわけで、その彰子に仕えていたのが紫式部であることは、以前にも記した通り。兄弟間で、一条天皇を奪い合う形になったわけです。

結果的に、この兄弟喧嘩《げんか》においては弟の道長が勝利をおさめました。道長が円融系の一条天皇を後見するというこのカップリングは成功し、円融系は冷泉系よりも優位に立つことになるのです。

為尊親王に話を戻せば、彼は冷泉天皇の息子であり、花山天皇の異母弟です。為尊親王と敦道親王の兄弟の母親である超子《ちょうし》もまた藤原兼家の娘ですので、やはり兼家の外孫ではあるものの、超子は為尊親王が幼い頃に早逝。天皇の息子で兼家の外孫とはいえ、時流に乗っているとは言えませんでした。

和泉式部もまた、冷泉系に近いところにいました。彼女の両親は、共に昌子《しょうし》内親王に仕えた身。昌子内親王は、朱雀《すざく》天皇（村上天皇の兄）の娘であり、また冷泉天皇に入内《じゅだい》した、冷泉系の人でした。和泉式部自身も、女房として昌子内親王に仕えたという説もあります。

和泉式部と為尊親王がどのようにして出会ったかは、もちろん定かではありません。親王には既に妻がいましたが、世間で評判の歌詠みである和泉式部に、彼は興味を抱《いだ》いたのではないでしょうか。

為尊親王は、その弟で後に和泉式部と付き合うことになる敦道親王とともに、軽めの性格であったようです。良家の坊ちゃんにはよくいるタイプかもしれませんが、

『大鏡』では、この二人のことが「少し軽々にぞおはしましし」「御心の少し軽くおはしますこそ」等と記されている。

為尊親王は、二十六歳の若さで亡くなっています。伝染病が世間で流行《はや》っているにもかかわらず、ふらふらと夜歩きをしていたせいで、周囲が心配した通り、その病に罹って亡くなってしまったのです。

彼は、どこか自暴自棄な部分を持っていたのかもしれません。一条天皇の御代において、東宮に就いているのは自分の兄である居貞《おきさだ》親王（後の三条天皇）。自分に天皇の地位がまわってくる目は無さそうですし、父親の冷泉院は頼りにできるタイプではなく、母親は早くに亡くなっている。どこか光源氏を思わせる境遇とも言えましょう。そんな中で和泉式部に手を出したりと、好きなように遊んでいたのではないか。

為尊親王が亡くなった時、和泉式部はどのように思ったのでしょうか。『和泉式部日記』の書き出しは、

「夢よりもはかなき世の中を嘆きわびつつ明かし暮らすほどに……」

というもの。為尊親王の死で「夢よりもはかなき世の中」を知った彼女ですが、ドラマはもちろん、それで終わるわけではありません。

スリリングな恋

「夢よりもはかなき世の中を嘆きわびつつ明かし暮らすほどに、四月十余日《よひ》にもなりぬれば、木《こ》の下くらがりもてゆく」

という文章が『和泉式部日記』の書き出しですが、男と女の仲なんて夢よりもはかないものよね……と和泉式部が感じているのは、彼女が夫と別れるか別れないか、という頃に交際していた為尊《ためたか》親王が、前の年の六月、亡くなっていたからです。

恋人の死を嘆き悲しみつつ日々を過ごしていた、旧暦四月のある日。彼女がぼうっと庭を眺めていると、垣根のところに人の気配があり、それは故為尊親王に仕えていた小舎人童《こどねりわらわ》でした。

為尊親王が生きていた頃、その小舎人童はおそらく、和泉式部に文を運ぶメッセンジャーボーイの役を果たしていたのでしょう。

「どうして長い間姿を見せなかったの？」

と、和泉式部が話しかけると、

「特に用事も無いのにうかがうのは、図々しいかと思いまして……」

と、小舎人童。彼はその後、為尊親王の弟君である敦道親王に仕えているとのこと。

この小舎人童はなぜ、和泉式部のところに久しぶりにやってきたのかというと、現在の主人である敦道親王から、「これを和泉式部の許《もと》に届けるように」と、橘の花をことづかっていたからなのでした。敦道親王は、兄と和泉式部の関係を知っており、彼女に対して興味を抱いていたものと思われます。

橘の花といえば、

「五月待つ花橘の香をかげば　昔の人の袖《そで》の香ぞする」

という『古今集』の歌を当時の人は思い出したようで、和泉式部はこの花を見て、

「昔の人の……」

とつぶやくのでした。

敦道親王から和泉式部への、問いかけのようなナンパのような意味を持つこの花。当然、「どうも」と受け取るだけでは済まされません。「昔の人の」の歌を踏まえた上でどう返すかが、ここでは試されているのですから。

和泉式部は、

「薫《かを》る香によそふるよりはほととぎす　聞かばや同じ声やしたると」

と書いて、小舎人童に託します。

この歌の後半部分は、「以前と同じ声をしていらっしゃるのかどうか、兄宮のお声をもう一度聞きたい」という解釈と、「兄宮と同じ声をしていらっしゃるのか、あなたのお声をお聞きしたい」という解釈があるようです。が、私は後者の方がしっくりくる感じ。

後者の意味合いであるとしたら、なかなかにこの歌は、挑発的です。橘の花によって示された敦道親王から和泉式部に対する「興味」が、和泉式部からも「興味」によって返されたのですから。相手が期待しているものを、それとなく汲《く》んで、返す。それが和泉式部の才能であり媚態《びたい》なのではないか。

敦道親王はこの歌に対して、

「同じ枝《え》になきつつをりしほととぎす　声は変はらぬものと知らずや」

と返します。為尊親王と私は同じ枝にいるほととぎす、つまりは同母の兄弟。声は変わりませんよ、と……。

この歌に対して、和泉式部は返歌をしません。最初は少しその気がありそうな歌を詠んだというのに、相手が乗ってきたら、連絡を絶つ。本人にそのつもりがあったかどうかはわかりませんが、これはまさに、殿方を夢中にさせるテクニックです。この既読スルー行為によって敦道親王の心には火がついたのであり、たまらず彼は、恋に苦しむ胸の内を詠むのでした。

かくして始まった、二人の間での歌のやりとり。敦道親王にとって和泉式部は、「アニキの元カノ」。和泉式部にとって敦道親王は、「元カレの弟」。もしかしたらこの先……という想像は、お互いにとってスリリングです。

そうこうしているうちに、辛抱たまらなくなった敦道親王。いつも身の回りの世話をしている男を呼びよせ、

「こっそり出かけたいのだが……」

と申しつけます。男は、主人がここのところ和泉式部にご執心、ということはよく知っていたでしょうから、「御意」とばかりに用意を整える。親王という身分ではそう軽々に出歩くことはできないわけで、彼はわざとみすぼらしい牛車《ぎつしや》に乗りこむのでした。

和泉式部の家に着いた、敦道親王。和泉式部は内心、「キター！」と思ったかもしれませんが、もちろん「ウェルカム」的な態度を取るわけにはいきません。最初のうちは、男性のアプローチを女性がすげなく扱うことが、この時代の作法のようなもの。ホイホイと誘いに乗らないことは女性の嗜《たしな》みでもありましたし、男性の気持ちを試す感覚もそこにはあったでしょう。女性から拒否されるとすぐ萎《な》えてしまうのは平成以

降の男性なのであって、平安の男性達は、女性のつれなさをスパイスと捉《とら》え、ますます恋心をかきたてていったのです。

敦道親王のアポなし訪問の時のことについて、『和泉式部日記』には、

「女、いと便《びん》なき心地すれど、『なし』と聞こえさすべきにもあらず」

と記されています。「女」とは、和泉式部のこと。日記というと「私」が主語、という感覚がありますが、『和泉式部日記』は、主人公が登場人物の一人のように描かれる、物語風の作品。自分を客観視しやすいと同時に、創作も盛り込みやすい作りとなっています。

敦道親王が初めてやってきた時に「女」は、「便なき心地」になります。「困ったわ」という感じでしょう。しかしそれが本心かどうかは、わかりません。和泉式部も、遅かれ早かれ二人が「会う」ことになると思っていたはず。その時期が思ったよりも早かったかもしれないし、もしかすると「やっと来た」と思ったのかもしれない。しかし日記に書くのであれば、「便なき」ということにしなくてはならなかったのです。

「女」は困ってしまったけれど、居留守を使うわけにもいかないし……ということで、「お話だけ、ということで」と、敦道を招き入れます。もちろん、それが「お話だけ」で終わるとは、和泉式部も思ってはいなかったでしょうが。

西の妻戸の近くに出された円座《わろうだ》に彼は座るのですが、

「月が明るいなぁ。私は古い習慣に縛られてこもりがちな身の上。このような端近は落ち着かないものですから、あなたがおられる御簾《みす》の中に入れていただけませんか」

と言うのです。

この発言は、「私は、おしゃべりをしに来たわけではないんだけどなぁ」という意味合いを持ちます。つまり彼は、「したい」わけで、親王という身分を理由に、彼は御簾の中へと入ろうとするのでした。

もちろん「はいどうぞ」ということにはならないのですが、重ねて彼は、身分をアピール。

「私は軽々しく外出できる身分ではないのですから……」

と、御簾の中に「やをらすべり入り給ひぬ」ということになるのでした。

御簾の中にすべり入ってしまったならば、することは決まっています。もちろん、そのことについては日記には記されていませんが、「やをらすべり入り給ひぬ」の次には、「いとわりなきことどもをのたまひ契りて、明けぬれば、帰り給ひぬ」という文章が。「わりなきこと」、すなわち和泉式部からしたら「そんなこと、無理でしょう」と思われるようなことを色々と約束して、彼は夜明けに帰っていったのです。

恋愛初期というのは、確かに「もう離さないからね」とか「ずっと一緒だよ」といった、明らかに実現不可能なのだけれど言われれば嬉《うれ》しい、という「契り」がなされがちなもの。敦道&和泉の間にも、そんな様々な約束が交わされたものと思われます。しかし敦道親王には、既に妻がいました。和泉式部はそれを知っていたからこそ、甘い未来の約束を彼がどれほど口にしようと、「わりなし」と思ったのでしょう。

下品な話で恐縮ですが、同じ女性と性交渉を持ったことがある男性達の関係を、「兄弟」と言い表すことがあります。為尊親王と敦道親王という実の兄弟がそれぞれ和泉式部と交際したことによって、そちらの面でも二人は「兄弟」となりました。その事実を為尊親王は、冥府《めいふ》において知っていたのかいなかったのか……。

翌日。後朝《きぬぎぬ》のやりとりはしたものの、故宮の死の悲しみも癒えないうちに、弟宮とも「して」しまった自分に、和泉式部は落ち込んでいます。それでも、例の小舎人童がやってくると、「御文やあらん」と期待してしまい、無いとなるとがっかりしてしまう彼女は、既に恋の虜《とりこ》となっているのでした。

和泉式部は、今風に言うならば「恋愛体質」ということになるのでしょう。今は亡き元カレの気配をその弟に感じれば、心が燃え立つ。無理に自制などせず、惹かれた方へと素直に歩むのです。

が、そんな体質の彼女を、こころよく思わない人たちも存在しました。故宮が亡くなったのは、疫病が流行っていたのに夜にふらふらと出歩いていたため、という話を前に記しましたが、「それも和泉式部のせい」と思う人はいた。弟宮にしても、妻との仲はさほど良くなかったらしいものの、もし夜な夜な出歩いていたなら、妻は疑うことでしょう。その相手が、故宮の死の原因ともされる和泉式部だと知ったなら、大変なことになる。……と、敦道親王も考えたに違いありません。

恋の炎に火は点《つ》いてしまったものの、その炎を存分に燃え上がらせるには、様々な障害があったようです。二人の恋の、行方やいかに……？

和泉式部の好奇心

平成三〇年（二〇一八）七月の西日本豪雨では、京都においても鴨川《かも》や桂川《かつら》が増水し、氾濫《はんらん》が心配されました。

平安末期、強い力を持っていた白河《しらかわ》法皇も、鴨川については手を焼いていたようで、双六《すごろく》の賽《さい》の目、比叡山《ひえいざん》の山法師と並んで、鴨川の水は意のままにならぬものである、と述べたのだそうです。今も自然の力は、時に人間のコントロールを大きく超えるもの。当時の人々は、どれほど鴨川の氾濫を恐れていたことでしょう。和泉式部は、白河法皇よりも少し前の人ですが、鴨川の状態は似たようなものであったと思われます。『和泉式部日記』にも、雨が続いて鴨川が増水した時の記述が見られるのでした。

それは、和泉式部と敦道親王が「して」から、そう時が経っていない時のこと。二人の交際は、順調とはいえませんでした。なかなかタイミングが合わなかったり、互いの気持ちをはかりかねたりですれ違いが続き、一度「した」といっても、そのまま一気に燃え上がったわけではなかったのです。

和泉式部はモテる女性ですので、他の男性達からのアプローチも、多々あった模様です。しかし彼女の心は敦道親王に向いていたのであり、どれほどモテても、心は晴れません。

すっきりしなかったのは、彼女の心ばかりではありませんでした。時は五月。雨の日が続いていました。「長雨」と言えば、和歌の中では「眺め」とかけて使用されがちな言葉です。雨が降り続く中、物思いにふけりながらぼんやりと何かを眺める人の心は、快活とは言えないことが多いのであり、和泉式部もまたどんよりとした気分で、長雨の時期を過ごしていました。

そんな時、敦道親王からご機嫌うかがいの歌が届きます。二人は雨にまつわる歌をやりとりするのですが、その間も雨が止む気配はいっこうにありません。そうこうしているうちに鴨川が増水してきたということで、川の様子を見にいった宮が和泉式部に送ったのが、

「大水《おほみづ》の岸つきたるにくらぶれど深き心はわれぞまされる」

という歌。岸を越えそうになっている鴨川の水よりも、私のあなたに対する思いの方がずっと深いのですよ、という感じでしょうか。

この時、鴨川は氾濫し、街には水が溢《あふ》れました。そんな非常事態だというのに、親王が何を呑気《のんき》な歌を詠んでいるのか、という気はします。氾濫しそうな鴨川の水より自分の心の方が深いとは、いかんせん大げさではないか、とも。

しかし自然現象に自分の思いを託すというのは、当時の歌の常套《じょうとう》手段です。嘘であろうと大げさであろうと、宮は一度「して」以来会うことができていない和泉式部に対して、大水という極端な現象を詠み込まずにはいられなかったのでしょう。

これに対して和泉式部は、

「今はよもきしもせじかし大水の　深き心はかはと見せつつ」

と返しています。そんなに深い心だと示しながらも、今はもう、私のところにはお

越しにならないのでしょうね。……と媚態を見せているのです。水害も気にならない

鴨川氾濫の危機が迫っているのに、和泉式部もまたこの調子。水害も気にならないほど、この時の二人は恋に夢中になっていました。

その後、宮が和泉式部の許へ行こうと用意をしていると、乳母《めのと》から、「どこへ行かれるのですか」と、問われます。最近、宮が和泉式部にご執心という噂は、既に出回っていました。

「あの女のところへは、男性が色々と通ってきているそうではないですか。軽はずみな忍び歩きをなさるものではありません」

などと、釘《くぎ》を刺す乳母。和泉式部は決して身分が高いわけでもなく、モテ女としての悪評も立っていたようで、乳母としては気に入らない相手だったのです。

それでも宮は、和泉式部のところへ行くのでした。これが、最初に「して」以来、二度目の逢瀬《おうせ》ということになります。宮は無沙汰《ぶさた》を詫《わ》びるのですが、

「こうやって私があなたの所に通ってくることを、不愉快に思う男達もたくさんいるそうですからね……」

などと、チクリと嫌味も。

そして宮は、

「いざ給へ」

と、和泉式部をどこかへ連れて行こうとするのでした。「誰にも見られない場所があります。今夜くらいは、ゆっくり話そうではありませんか」ということで、和泉式部を車に無理矢理乗せてしまうのです。連れて行かれた先は、おそらく宮の邸宅。誰も使用していない場所が、あったのでしょう。

今であれば、男性の部屋を女性が訪ねることは、特に珍しくはありません。しかし当時、男女の逢瀬というのは、男性が女性の家を訪ねるのが普通。男性が女性を外に連れ出すのは、異例です。

私達はこの部分を読んで、またまた『源氏物語』の夕顔《ゆうがお》の段を思い出すわけです。夕顔のところに頻繁に通っていた源氏がある時、「もっと落ち着いたところに行こうよ」と、夕顔を車に「かろらかにうち乗せ」て、連れていってしまう。

夕顔は、源氏にお姫様抱っこされて車に乗ったのでしょうねぇ……と、Tこと『更級日記』の作者でなくともうっとりする部分なわけで、その後、六条御息所《ろくじょうのみやすどころ》とおぼしき生霊にとり憑《つ》かれて夕顔が命を落としてしまうのは、ご存知の通り。

女性の家に男性が来るのが当然であったからこそ、女性が外に連れ出されるというのは、ドラマティックな出来事なのでした。その非日常性が男女の恋の炎を掻《か》き立てるであろうことも想像に難くなく、源氏と夕顔も、そして宇治十帖における匂宮と浮舟も、さぞや愛欲にまみれた時間を過ごしたのであろうと、読者は想像するのです。

が、夕顔にしても浮舟にしても、男性が無理矢理連れ出してアバンチュールを楽しむお相手というのは、あまりしっかりした身分ではない女性なのでした。夕顔は既に父が他界しており、頭中将《とうのちゅうじょう》と別れて、ごみごみした下町で暮らす身。浮舟は、大《おお》君《ぎみ》・中《なか》の君《きみ》姉妹の異母妹ということでしたが、やはり後楯《うしろだて》の無い立場です。

つまり「連れ出される女」というのは、男性が「この女ならどこかに連れて行っても面倒臭いことにはならないだろう」と、軽く見ている女なのです。身分の高いお嬢様のことは、男性はどこかに連れ出したりはしないし、できない。

となると和泉式部もまた、宮から「この女なら大丈夫」と、舐《な》められていた可能性があります。彼女はそう高い身分ではありませんし、また色々な男出入りがあるという噂が世間で立つような人でもあるのですから。

絶対に連れていかれたくなかったのなら、あくまで抵抗するという手もあったのかもしれません。しかし和泉式部は無理矢理という「態《てい》」で車に乗せられ、宮の邸に連れていかれます。

「どうです、誰もいない場所でしょう。これからは、こうして会いましょうよ。あなたの家だと、誰か他の人が来ているかもしれないと思うと遠慮してしまいますから」と、宮。

和泉式部の男出入りの噂のせいにして、彼は「これからもここで会おう」と言うわけです。が、それは乳母からも言われた「あんな女のところに軽々しく通わないように」という言葉を気にしての行為だったのではないか。

直接相対《あいたい》するのは二度目ということで、二人は熱い一夜を過ごしたものと思われます。が、やがて朝になると、

「お送りしたいけれど、家の者に外出していたと見咎《みとが》められるのはつまらないので」

ということで、宮は和泉式部を一人で帰らせるのでした。さらには翌日も宮は迎えに来て、和泉式部を自分の家にひっぱり込む……。

和泉式部って、つまり「都合のいい女」だったのではないの？　と、私はこのあたりを読んで思ったことでした。彼女はこの時、独身ですが、宮は妻を持つ身。一夫多妻の世ですから、彼が誰と付き合おうと不倫ではないのかもしれませんが、現代の不倫カップルにおいても、

「今日はうちの奥さんいないからさ、うちに来ない？」

などと不倫相手を家に連れてくる男性は、いそうです。さらに言うなら、広い邸で

はあったにせよ、宮の北の方は不在だったわけでなく、敷地内にはいたのですから、北の方のことも、宮は舐めている。

『紫式部日記』の中には、

「和泉式部といふ人こそ、おもしろう書きかはしける」

で始まる、和泉式部評が記されています。紫式部は和泉式部と、楽しく文のやりとりをしていたことがあるようですが、そこには「和泉はけしからぬかたこそあれ」という一文も。和泉式部の奔放な生活を、紫式部が「けしからぬ」と思っていた向きもあります。

しかし和泉式部は、世間からどう見られようと、そして男性から軽く思われようと、自身の好奇心に抗《あらが》うことができない人だったのだと、私は思います。為尊親王亡き後、その弟である敦道親王と付き合わない方がいいことは頭でわかっていても、「兄と弟って、どう違うのかしら」という興味を、追求せずにはいられない。また、敦道親王が彼女を連れだそうとしたならば、「行きません」と言った方がいいのはわかっていても、「どこへ連れていかれるのかしら」と知りたくてたまらないし、いつもと違う場所でのアバンチュールを体験せずにはいられない。……というわけで、互いに好奇心旺盛《おうせい》な和泉式部と敦道親王の関係は、やがて意外な展開を迎えることになっていきます。

嫉妬は恋のスパイス

「あなたの家だと、他の男のことが気になるから」

ということで、和泉式部を自分の家に連れてきてしまった、敦道親王。それは和泉式部のことを軽く見ていたからこその行為だったのではないか、と私は考えるのですが、この時、二人の恋のスパイスになったのは、嫉妬《しっと》です。

宮は、和泉式部がかつて自分の兄と付き合っていたことを知っていますし、また他の男達からもよくモテる女性であることも、知っています。宮の中には、「他の男と自分とを比べられる恐怖」のようなものが、あったのではないでしょうか。

最初に和泉式部が宮の家に連れていかれた翌日、宮は再び、彼女を自分の家に連れていきました。毎日でも会いたくなるというのは、恋愛が盛り上がってきた時特有の心理。しかし数日後、宮が和泉式部の家を訪れてみると、別の車が既に停まっているではありませんか。

それは、和泉式部と一緒に住んでいる姉妹のところに来たボーイフレンドの車だっ

たのです。しかし宮は、

「あ、他の男が来てる……」

と早合点。プンスカと帰ってしまうのでした。

翌日、宮から恨み節の文が来たことによって、昨夜の出来事に気づいた和泉式部。

「つらしともまた恋しともさまざまに　思ふことこそひまなかりけれ」

という歌も、宮からは届きます。好きだからこそ、つらい。……と宮に思わせる和泉式部は、罪な女。

宮の頭から離れない自身の浮気者イメージを、和泉式部は何とか払拭《ふっしょく》したいと思っています。しかし宮の側にいる人々は、

「最近は、和泉式部のところに源少将《げんしょうしょう》が通っているそうですよ」

とか、

「治部卿《じぶきょう》も来ているらしい」

などと、宮に吹き込んでいる模様。またしばらく、文も途絶えるようになってしまいました。

和泉式部のところに他の男達も通ってきていたのかどうか、本当のところはわかりません。七夕には、他の男達から求愛の歌がたくさん届くのですが、そんな歌も彼女

の心を浮き立たせるものではありませんでした。

宮からは、

「思ひきや七夕《たなばた》つ女《め》に身をなして　天《あま》の河原をながむべしとは」

という歌が届くのみ。七夕の日に、自分が織姫のように天の川を眺めていなくてはならないとは、思いもよりませんでした……という、和泉式部のモテぶりを皮肉った歌ですが、しかし彼女は、宮から歌が届いたというだけで、嬉しいのです。

そんな彼女の思いとは裏腹に、宮からは、

「よしやよし今はうらみじ磯に出《い》でて　こぎ離れ行くあまの小舟《をぶね》を」

と、すなわち、「もういいや、磯から漕ぎ出す小舟のように離れていくあなたを恨みませんよ……」という歌が届いたこともありました。和泉式部は、

「袖のうらにただわがやくとしほたれて　舟流したるあまとこそなれ」

と、つまり、袖の浦で自分のつとめとして藻塩《もしお》をやいているうちに舟を流してしまった海人《あま》のように、私は袖に涙を流すうちにあなたは離れていってしまったのですね……と、詠むしかありません。

和泉式部に対するジェラシーが燃料となって、宮の心も燃えているのだけれど、身分の高さが枷《かせ》となって思うようには進まない、二人の仲。歌のやりとりはあるものの、

「こんな頼りにもならないやりとりを慰めとして生きているのも、ねぇ」……とモヤモヤが募り、和泉式部はやがて、つれづれをなぐさめるべく、石山寺《いしやまでら》で七日ほど参籠《さんろう》することにするのでした。

この時、彼女が宮には何も言わずに出てきたのは、一種の恋愛テクニックではないかと私は思います。宮が和泉式部の家に文を出しても、石山寺に行って留守ということになれば、「なぜいない？」とやきもきするはず。意識的にか無意識的にかはわからないけれど、相手を夢中にさせる行動を、彼女はとっているのです。

宮からの文を携えた使いの童子は、石山寺まで彼女を追いかけてきました。

「どうして私に知らせてくれなかったのでしょう」

と文にあれば、やっぱり和泉式部も嬉しくて、

「私のことはお忘れなのかと思っていました」

と返すなど、二人はせっせとやりとりを続けます。石山と京は遠く、童子はヘトヘトになってしまうのですが、

「苦しくとも行け」

と、恋に夢中な宮は、非情な命令を出すのでした。

童子の苦労をよそにやりとりを続ける中で、和泉式部は、

「こころみにおのが心もこころみむ　いざ都へと来てさそひみよ」

という歌を詠みます。私は、自分の心を試してみようと思っているのです。あなたもここまで来て、都へ帰ろうと私を誘ってみてくださいな。……といったこの歌は、何とも挑発的。「そんなことがあなたにできるのかしら？」と、宮を試しているのです。

突然、姿をくらましたかと思えば、「ここまでおいで」とばかりの歌を詠みかける、和泉式部。宮がおいそれとは遠出ができない立場であることを知っていての、ファム・ファタールぶりです。結局、宮が石山寺に行かないうちに、和泉式部は帰京してしまうのでした。

その後、宮は宮で、和泉式部に変なお願い事をしています。ガールフレンドの一人が都から引っ越すにあたって、

「彼女がグッとくるような歌を贈りたいんだけど、代わりに詠んでくれない？」

と、頼んでいるのです。

この時代、歌の代作という行為は珍しくありません。とはいえ、ガールフレンドとの別れの歌を別のガールフレンドに詠んでもらうというのは、やはりデリカシーに欠ける行為ではないでしょうか。

和泉式部の歌の才能にいつも感銘を受けていた宮としては、「やっぱりあんな歌を贈りたいよね……」と、つい無邪気に頼んでしまった。それくらいのことを頼んでも大丈夫だろう、という上から目線があるからこその依頼だったのでしょうが、さんざ嫉妬をさせられてきたことへ一矢酬《むく》いたいという感覚も、あったのかもしれません。

和泉式部としても、宮のガールフレンドが自分一人だと思っていたわけではないでしょうが、決して嬉しい依頼ではなかったはず。しかしムッとしつつも、ついいい感じの歌を詠んであげる和泉式部からは、歌詠みとしての矜持《きょうじ》も感じられます。

このように様々な駆け引きを行いつつ、二人の心は少しずつ近づいていきました。秋になると、和泉式部の家に宮が来て、しみじみと語り合う、などということも。軽い女だと世間で言われていることに関して、彼女が悲しく思って涙を流せば、同情した宮が慰めてあげもするのです。

世間では、男をとっかえひっかえしているように言われているけれど、案外と世慣れていない、可哀想な女なのかもしれないなぁ。……との念を募らせる宮は、和泉式部に対して思わず、一つの提案をします。それは、

「ただおはせかし」

すなわち、

「何も考えないで、とにかくうちに住まない？」

ということ。

現代を生きる私達は、既に妻を持つ宮がそのようなことを言うことに、「は？」と思うものです。妻と愛人が一緒に住むの？　と。

しかし当時と今とでは、まず住宅事情が異なります。以前も宮は、妻がいるのに和泉式部を自分の家に連れてきて、一夜を過ごしたことがありました。

当時の貴族は、家族だけで住んでいたわけではありません。ましてや宮様という立場ですから、女房達をはじめとして、身の回りの世話をするたくさんの人達もいたわけで、そんな中の一人として、宮は和泉式部を住まわせようとしたのです。本当は愛人だけれど、「宮の邸で宮仕え」をする女性の一人の態、ということになります。

宮としては、いくら和泉式部が好きでも、親王という自分の立場を考えざるを得ませんでした。頻繁に会いたいけれど、彼女の家にしょっちゅう行くわけにはいかない。誰かの耳に入ったら、もう会えなくなることも……と思ったからこその、「ただおはせかし」発言なのです。

さらに宮は、

「北の方もいるけど、ま、気にしなくていいよ。一人暮らしをしているようなものなのだから」

などと、和泉式部に言います。何を根拠に……と思いますが、不倫に夢中な男性が、「妻とはずっと仮面夫婦で」とか、「家庭内別居が続いている」などと愛人に言うのは、昔も今も変わらないようです。

和泉式部もつい、その言葉に乗せられます。「寄る辺《べ》のない身の上で、色々な男達が言い寄ってくるからこそ、世間では私の評判が悪いのだわ。今は宮しか頼ることができる人はいないのだし、おっしゃる通りにしてみようかしら。そうすれば、私の濡《ぬ》れ衣《ぎぬ》は、はれるはず。北の方とは別居して、宮のお世話は全て、乳母がしていると言うのだし。目立たないようにしていれば、大丈夫かも？」と。

宮に出仕するという名目で、実は愛人として共に暮らすというのもまた、スリリングな試みです。「軽い女」としての悪評から逃れたいという思いからくる行動が、さらに火に油を注ぐことになりはしまいか……という気はしますが、やはり和泉式部、「宮の邸に住む」ことに対する興味を、抑えることはできなそうなのでした。

ドラマティックな人生

「ただおはせかし」

と、つまりは「うちに住んじゃいなよ！」と敦道親王が和泉式部に言ったのは、二人の交際が始まってから、約半年後のことでした。

将来、天皇になる可能性もなくはなかった宮だからこそ、外で頻繁に会うわけにもいかない。和泉式部がモテるのも心配。だったらうちに……という、お坊っちゃんらしい発想と言えましょう。

「でも奥様が……」

とか、

「世間がどう思うか……」

などと一応は言ってみはしたものの、和泉式部としては、最初から「行こう」と思っていたようです。彼女は、最初の夫との離婚のごたごたによって、親からは半ば勘当状態。頼ることができる後楯もいません。だからこそ男達がうじゃうじゃと寄ってきたのかもしれませんが、それももう面倒くさい。

しばらくは「どうしよう」と悩む（フリをしていた）和泉式部ですが、自分から積極的に「じゃあ、明日行っていいですか?」と言うわけにもいきません。そうこうしているうちに十二月のある日の晩、宮は「連れていってしまおう」と決心して和泉式部のところへ行き、

「いざ給へ」

と言うのでした。「さあ、おいで」といったところでしょうか。

宮は、和泉式部をどこかに連れ出して「する」のが好きでしたから、今日もまた例の……と思っていたら、

「侍女を連れてくるように」

と、宮。それはすなわち、「今夜が引っ越しですよ」ということになります。

かくして宮は、和泉式部を自分の邸に連れてきてしまいました。最初は人目につかないところに置いたものの、二日後には北の対、つまり北の方がいるところへと、移動させようとします。

これには北の方付きの女房達も驚いて、北の方へと報告すれば、北の方はもちろん激怒。北の方としては、「最近、夫は和泉式部に夢中らしい」ということは知っていたでしょうから、

「和泉式部さんとやらを家に入れたそうですけど。どうして私におっしゃらないのかしらねぇ？　ま、私が止められる筋合いのことでもありませんけどッ。でも人に笑われるのは私なのですよ。恥ずかしい！」

と、泣いて訴える。

今の日本人もそう変わりませんが、この時代の人々は、「人目」や「人聞き」を非常に気にします。夫に女を家に連れ込まれ、その状況を女房達にもばっちり見られたということは、「愛人の和泉式部が本宅に」という話があっという間に世間に広がることでもあります。北の方にとっては、自分が世間の噂の的になってしまうことは、和泉式部に対する嫉妬そのものよりも、つらかったのではないか。

対して宮は、

「いやいや、髪なんかを梳《す》かせようと思って呼んだだけだよ……、あなたも使ってやってね」

などと言って、燃えさかる北の方の怒りの炎に、さらに油を注ぎます。夫の愛人だとわかっている女に、髪をくしけずらせる妻がどこにおりましょうか。

二人の間に、実際にこのような会話があったかどうかは、わかりません。なにせこれは『和泉式部日記』の中の記述。つまりは愛人である和泉式部が、「北の方、きっとこんな風に怒ったんじゃないかしら。でもって宮は、ちょっと鈍感なところがあるから、こんな風に言ったりしてそうだわ……」と、想像して書いたのかもしれません。もしくは、宮が寝物語に、

「奥さんにこんなこと言われちゃったよ。だから僕、『君も和泉式部に髪とか梳かせていいんだよ』って言ったら、ますます怒っちゃって……」

などと、和泉式部に語ったのかもしれない。

　和泉式部が自分の家にいるのが嬉しくて、宮がずっと自分の近くに寄せておけば、北の方とはどんどん疎遠になっていきます。北の方のみならず、その周囲にいる女房等にとっても、和泉式部は腹立たしい存在だったに違いなく、そんなムードを和泉式部も感じ取っていたはず。

年が明けると、北の方のお姉さんから、北の方のところに手紙が届きました。

「噂は本当なの？　私まで恥ずかしい思いをするじゃないの。さっさと帰ってきなさい」

と、そこには書いてあった模様。

北の方のお姉さんは、当時皇太子で後に三条天皇となる、居貞親王の北の方でした。噂の歌人に妹が夫を寝取られたとあっては、姉が怒るのも無理はありません。兄達に

迎えに来てもらい、北の方はとうとう実家へと帰ってしまいました。

……というところで、『和泉式部日記』は終わっています。つまりこの作品は、和泉式部が敦道親王と出会ってから、その妻を追い出す、といったら聞こえが悪いですが、妻が出て行くまでの恋の記録。日記と言うよりは、私小説と言った方がいいのかもしれません。

日記はそこで終わっていますが、二人の日々は、終わっていません。北の方が出て行って離婚となった後、華やかに着飾った宮と和泉式部が一緒に賀茂祭を見物している様子が、『栄花物語』や『大鏡』には記されています。離婚成立後、晴れて愛人と公《おおやけ》の場に出ることに宮はご満悦だったかもしれませんが、世間は二人を見て、どう思ったのか。『大鏡』は、そんな宮の行為を「軽い」としているのでした。

二人の間には、男の子も生まれたようです。和泉式部は、最初の結婚の時に女の子を出産していますから、彼女にとっては二人目の子供ということになる。

しかしそんな二人の生活は、長く続きませんでした。寛弘《かんこう》四年（一〇〇七）、宮は病死してしまうのです。『和泉式部集』には、「敦道親王におくれて」として、

「いまはただそのよのこととおもひいでて　忘るばかりのうきふしもがな」

という歌が。もう前世の出来事のように思われる宮との別れ。それを忘れられるく

らいのつらいことがおきないかしら。……といった感じでしょうか。「おなじころ、尼にならんとおもひて」として、

「すてはてんとおもふさへこそかなしけれ　きみになれにし我ぞとおもへば」

との歌も。出家して世を捨てようと思ったことすら悲しい。そう思ったのが、宮に慣れ親しんだ私自身なのだから……と。

この時、和泉式部は三十歳前後でした。二人の日々は、五年ほどしか続かなかったのです。

出家を考えるほどの悲しみに包まれた、和泉式部。敦道親王の前に交際をしていた、その兄である為尊親王とも死別し、最初の夫とは離別している彼女は、恋愛体質であると同時に、不幸体質と言うこともできるかもしれません。

しかし表現者にとって不幸は、資源ともなります。和泉式部は、様々な不幸を燃料として、自身の歌の才能を磨きました。歌人にとっては、何もない平穏無事な人生よりも、不幸であっても「何か」がある人生の方がずっと、豊かなのではないか。

親王の死の少し後、彼女は藤原道長の娘で、一条天皇の中宮である彰子に、宮仕えすることとなりました。時は、道長の権力が絶頂に達しようという頃。彰子の周囲には、紫式部や赤染衛門《あかぞめえもん》など、才気あふれる女房達が集められていました。和泉式部も

また、その一員に加わったのです。

愛する人と死別してうちひしがれている時、当時最も華やかで安定した職場に身を置くことができた、和泉式部。この時、最初の結婚でもうけた娘である小式部内侍《ないし》も一緒に、出仕することになったようです。

小式部内侍は、母譲りの歌の才能と女性的魅力の持ち主でした。娘とともに、才気あふれる女房達の間で過ごす日々は、彼女に久しぶりに心の平安をもたらしたのではないでしょうか。

その後、和泉式部は藤原保昌《やすまさ》と再婚。公私ともに、落ち着いた中年生活を送ったと思われるのですが、幸せなことばかりがあったわけではありません。万寿《まんじゅ》二年（一〇二五）には、小式部内侍が二十代の若さで他界してしまったのです。

「とどめおきて誰《たれ》をあはれと思ふらむ　子はまさりけり子はまさるらむ」

の歌からは、子に先立たれた母の慟哭《どうこく》が聞こえるかのよう。

和泉式部が没した年は、定かではありません。保昌との仲もまた盤石ではなかった模様ですし、おそらくは晩年まで、色々あった人生だったのではないかと思われます。

彼女の伝説が日本のあちこちに残っていると先に書きましたが、それは彼女の人生が、このようにドラマティックだったからなのでしょう。日本を巡り歩く芸能者達が彼女の人生に物語を感じて各地で語り、その物語を耳にした女達は「私がもしそんな人生を歩んだら……」と夢想。そして男達は、「俺がもしそんな女と出会ってしまったら……」と、妄想したのではないか。

並の女性には手の届かないモテと才能に、和泉式部は恵まれていました。その代償として、様々な不幸をも引き受けていたからこそ、彼女は「女に嫌われる女」にはならなかったのだと私は思います。モテと不幸、両方をブレンドして発酵・熟成させ、歌として生み出していった彼女の人生が含むしっとりした湿り気は、今の世となってもまだ、乾くことはないのでした。

あとがき

それはまだ十代半ば、恋愛に目覚めたばかりの頃。

仲良しの女友達の中では、「彼ができた途端、女友達との付き合いが疎遠になる人」が非難されがちだったものです。女友達と約束をしていても、彼から誘われると、そちらの方にぴゅーっと行ってしまう、とか。女子会に顔を出さなくなる、とか。

仲間内でもいち早く恋愛のステージにデビューした友人は、そんなわけで、「結局あの子はさ、友達より彼の方が大切なんだよね」

などと言われてしまったものでした。女の友情は男のそれよりも薄い、との言説が当時はありましたが、「本当にそうなのかも」とも思ったもの。

しかし時が経つにつれ、我々は次第にわかってきたのです。恋愛を知り初《そ》めた友人が、恋人に夢中になって女友達のことを忘れるのは、自然の摂理。恋愛デビューを果たした人は誰しも、周囲のことが見えなくなる熱病のような時期を迎えるけれど、時が経てばやがて病は落ち着き、友情は復活するのだ、ということが。

そうこうするうち、北に恋愛に突っ走る友がいれば、「あの子、今は違う世界に行っているようね」と静かに見守り、南に恋愛を終わらせた友がいれば、行って話を聞き、「次いこう、次」と励ます。……という宮沢賢治ばりの友達付き合いを、我々もするようになってきました。いつもべったり一緒にいて、何から何まで打ち明けることが友情ではないことが、わかってきたのです。

その後、結婚したりしなかったり、子供を産んだり産まなかったりと、それぞれの人生に、それぞれのてんやわんやがありました。自分の人生が騒がしい時は、古くからの女友達と疎遠になることもあるけれど、強い弾力性を持つ友情は、細くなったり太くなったりしつつ、長く続く。それがわかっているので、一時的に疎遠になろうと遠くに引っ越そうと、いちいち深刻にとらえることもなくなったのです。

大人になってから思うのは、「女友達は、実は夫や恋人といった性愛、恋愛の相手よりも、貴重な存在」ということです。若い頃は、恋愛に夢中になると、心の中の〝大切ランキング〟の一位に「恋人」が駆け上り、女友達の存在感が薄くなったわけですが、大人になるにつれ、そのランキングが無意味なものに思えるように。

若い頃は、「つがいを作らねば。子孫を残さねば」的な生物としての本能が、恋愛時に周囲を見えなくさせていたのかもしれません。

しかし性愛もしくは恋愛の相手は、たとえ失ったとしても、必死になれば新たに見つけるための手段が色々とあるものです。もちろん全く同じ相手を見つけることはできないけれど、出会い系アプリやら結婚相談所やらを駆使すれば、デートや交際、もしくは性交渉の相手は、発見できるはず。

対してもしも女友達を失ってしまったならば、新しい友達はそうそう見つけられるものではありません。相談所もアプリも、気心の知れた友達は紹介してくれないのです。

大人であれば、それなりに友達との交際歴も長く、性格、性癖から恋愛遍歴まで、互いに熟知しているもの。一瞬で燃え上がる恋愛感情よりも熟成に時間がかかるのが友情であり、創業以来つぎたしながら使っている老舗うなぎ店のタレ的な味わいが、女の(男も、でしょうが)友情にはあるのです。

実際、大人になってから新たに友達を作るのは、難しいものです。スポーツや勉強や仕事など、何らかの経験を共にすることによって、次第に育まれていくケースが多いのが、友情。同じ時期に子育ての苦労を分かち合ったママ友を得て以降、新しい友達ができる機会がなかなか無い、という方もいるかもしれません。

子ナシの私は、ママ友を持っていません。さらに言えば、明るくフレンドリーでもなければ霊感もないので、

「一目会った瞬間から、この人とは気が合うなってわかったんです。初めて会ってからまだ一ヶ月しか経ってないけど、今は互いの家に泊まりにいくくらい仲良し！」

といった急激な距離の詰め方も、できない。

じわじわと少しずつ友情を深める性質の私は、大人になってからできた友達は、ごくわずかです。生まれ育った地にずっと住み、昔からの友達が多い。……ってことは実は自分、地方のヤンキーと一緒では？　とも思うのでした。

そんな私が『枕草子』を読んだ時、「ここに友達がいたとは！」という強い衝撃を受けたことは、「清少納言」の章にも書いた通り。清少納言と私は、直接話すことはできませんが、『枕草子』を読む度に、

「この人だったら、あの話に共感してくれるはず！」

とか、

「この人ならば、この話にウケてくれるに違いない」

と思えば、友達と思い切りおしゃべりをしている時のような爽快感に包まれるではありませんか。そして「大人になっても、老舗うなぎ店のタレのような味わいの友達って、突然できることがあるのね……」との喜悦に、私は包まれたのです。

清少納言だけではありません。紫式部、菅原孝標女など、平安女流文学のスター達の文章を読むうちに、

「腹の奥底では、何を考えているのかなぁ」

とか、

「こういう子、クラスにいた！」

などと、友達を見るような目で、彼女達を見るようになってきました。

遠い昔の貴族の女性が書いた高尚な古典を読むのではなく、

「こんなの書いちゃった。読んでみて」

と、クラスの友達から回ってきたノートを授業中にこっそり読んでニヤニヤする、といった感覚で彼女達の作品を読むと、彼女達の息遣いや体温も、伝わってくるかのようではありませんか。

平安の女性達は身体的自由はあまり持っていませんでしたが、「書く自由」は持っ

っていました。彼女達が書いた随筆や物語、そして歌は、多くの人に読まれることによって、彼女達の世界を広げます。

同時にそれらは、未来に向けて、小瓶に入れて海に流されるメッセージともなりました。未来の我々は、どこかの時点で小瓶を開け、中に入っているメッセージを読むことによって、彼女達と友達になるのです。

私の場合は、中でも特に清少納言に対して「仲良くなれそう」と、相性の良さを感じたわけです。そう思ったのは私だけではなく、多くの女性（そして男性）達が清少納言に対しては、友達になりたい、なれそうと思っていました。

さらに言うなら、そんな気持ちを持ったのは、日本人だけではありません。ある時、私が書店で発見したのは、『清少納言を求めて、フィンランドから京都へ』（ミア・カンキマキ著、末延弘子訳）という本。

タイトルを見ただけで「お、同類」と思ってさっそく読んでみると、著者はフィンランドで働く、アラフォーのシングル女性でした。英訳の『枕草子』を読み、清少納言に対して「あなたと私は驚くほど似ている」、と感動。その思いを募らせるあまり、とうとう長期休暇制度を使用して、ヘルシンキから京都へとやってきます。京都で清少納言の足跡を追い求めていくうちに、彼女の人生は新たなステージに入っていく……。という、「いとをかし」なエッセイだったのです。

時を超えて、そして洋の東西をも越えて、ある種の人から「友達になりたい」と、そして「あなたは、私だ」と思われる、清少納言。その理由は、彼女が書いたものが、後に随筆と呼ばれる形態だったところが大きいのでしょう。自分の気持ちや経験を、そのまま書くのが随筆です。かなり長い随筆を後の世に残したことによって、彼女の性格やものの感じ方は現代まで明確に伝わり、「友達になりたい」と思う人々を引き寄せたのです。

一方で、恋愛体質で詩心たっぷりの人は、清少納言よりも和泉式部にグッとくるでしょう。夫の女性問題で悩むあまり、息子への愛情が過多になりがちの人は、藤原道綱母に共鳴するかもしれない。

様々な個性を持つ千年前の女友達は、このように我々をどこまでも受け止めてくれます。

「妻を持つ男性を愛してしまうのも、しょうがないことなのよ。だって向こうが望んだことなのだから」

と和泉式部は語るかのようですし、道綱母は反対の立場から、

「夫の不倫相手を憎むのも、当然のこと。罪悪感を持つ必要ナシ！」

　と言いそう。

　彼女達は決して、友人であるあなたの批判をしません。生身の友達なら、アニメばかり見て恋愛には興味を持たないあなたに対して、

「時間が経てば経つほど、あなたの価値は落ちていっちゃうんだから、できるだけ早く婚活した方がいいよ」

　などとまっとうなアドバイスをしてくれましょうが、孝標女であったらきっとニコニコ笑いながら、

「わかるわかる。楽しいよね、沼にはまるのは」

　と肯定してくれるはず。また生身の友達はあなたのインスタを見て、

「何気に匂わせてるよね」

　などと嫌味を言うかもしれませんが、そんな時は清少納言が、

「どうせなら匂わせなんて生ぬるい手段を取らないで、堂々とアピールしなさいよ」

　と、あなたの承認欲求の解放を手助けしてくれるかも。

　千年前と今とを比べると、科学技術は著しく進歩をしていますが、しかし人間の感情は、全く進歩を見せていません。人間は、嫉妬や怒り、憎しみといった負の感情を、

この千年の間に全く克服することができなかったのです。

だとするならば、平安ガールフレンズの悩み苦しみと、今の我々のそれは、同質のもの。同じ悩みや苦しみ、そして喜びや楽しみを持つ人が千年前にもいたことを知るだけで、我々は励まされるのです。

友達を発見することができる場は、現実やネット社会だけではありません。過去を振りむいてみれば、そこには平安ガールフレンズがいる。今の世で友人関係に苦労している人も、一生のお付き合いができる〝千年前の友達〟を一人でも見つけることができたならば、本書の著者としては、この上なく嬉しく思います。

文庫版の刊行にあたっては、「短歌」にて対談をしてくださった栗木京子さん、イラストレーターの川原瑞丸さん、KADOKAWAの岸本亜紀さんに、大変お世話になりました。最後まで読んでくださった皆様へとともに、御礼申し上げます。

二〇二一年　初冬

酒井順子

対　談『平安ガールフレンズ』を読む

栗木京子（歌人）＋酒井順子

こじらせ女子、紫式部

栗木　清少納言、紫式部、藤原道綱母、菅原孝標女、和泉式部の五人は、ともすれば雲の上の存在という感じがするんですけど、酒井さんの性格分析は、こういう人いるよなぁと、とても説得力がありました。オッシャル通り、するどい、とか、合いの手を入れながら読ませていただきました。

酒井　それぞれ随筆や日記を書いているので、わかりやすく性格が出てきますよね。

『枕草子』の後に『紫式部日記』を読むと吃驚《びっくり》します。物語を書く人と随筆を書く人の性格は違うな、と。和泉式部もまた、全然違う。性格の違いが分かるものを残しておいてくれて、ありがとうという感じですね。

栗木　清少納言はリア充をやたらアピールする人間の先駆者で、紫式部は自信があるのにちょっとすねる「こじらせ女子」、嬉《うれ》しいのに一回拒否してみるとか、面倒なところがありますね。

酒井　紫式部は優秀なのにひたすら隠す、だけれど人には認めてもらいたいタイプなので、ひけらかす清少納言は気に入らないんでしょうね。

栗木　水と油みたいな感じ。定子《ていし》と彰子《しょうし》に仕えて、敵味方だったわけですよね。

不幸体質の和泉式部

酒井　五人のなかで、最も歌が上手《うま》い人というと……。

栗木　和泉式部が別格ですね。形だけでなく実があって、仏教思想的な歌でも内面をきちっと言葉にしていますね。

酒井　恋多き女で、いろいろと不幸があったからこその歌の上手さでしょうか。

栗木　会ってみたいのも、和泉式部。華やかな人ですけど不幸体質で、為尊《ためたか》親王、敦《あつ》道《みち》親王と愛した人は先立ってしまう。娘の小《こ》式部内侍《しきぶのないし》も若くして先に亡くなってしまう。究極の不幸も、死の辛《つら》さも知っている。懐の深い人だったのではないかなと思う。

酒井　順風満帆な人生、みたいな人は、いくら才能があっても歌では恵まれない。

栗木　和泉式部の最初の夫は和泉守《いずみのかみ》で、和泉は都にも近い豊かな場所。そこを治める国守の奥さんだったからすごく裕福だった。その夫が陸奥守《みちのくのかみ》になる。都からは遠いけど、海産物など裕福な土地で、贅沢三昧《ぜいたくざんまい》して楽しく人生を送ろうと思えば出来たはずなのに、陸奥なんか行きたくないわと親王と恋をする。リスクを選ぶのが素敵ですよね。

酒井　めくるめく思いができるかもしれない方からの誘いに抗《あらが》えないのでしょうね。栗木さんはそういう危険な道と安全な道があったらどちらの方にいくタイプですか？

栗木　私はものぐさなので、できるだけ面倒なことはしたくない。そもそも危険な恋を選ぶ人はとてつもないエネルギーの持ち主です。和泉式部の次のような歌は、ものぐさな私にはとても詠めません。

　黒髪の乱れも知らずうち臥《ふ》せば　まづかきやりし人ぞ恋しき

黒髪の乱れるのもそのままにして床にうち臥すと、まず髪の毛を掻《か》き抱いてくれた人が恋しいという。なんと情熱的でしょう。調べも素敵です。

酒井　情景が目に浮かびます。滴るような色気ですね。

栗木　歌の力は大きいと思いますよ。返歌なんかもすごく巧いと思う。拒絶する場合も相手のプライドを傷つけないように持ち上げて断る。小野小町《おののこまち》も同じような感じがあって、美女伝説として残っているんだと思いますね。

酒井　男性のプライドを傷つけないことって、昔から大切だったんですね（笑）。

栗木　拒絶するだけなら簡単なんですけれど。

同性に好かれる清少納言

酒井　清少納言は、お父さんが清原元輔《きよはらのもとすけ》という有名な歌人ですね。

栗木　曾祖父《そうそふ》も清原深養父《ふかやぶ》という歌人です。

酒井　歌の家の生まれだからこそ、自分はあまり詠みたくないといったことを書いていましたが、当時はそういったプレッシャーも強かったのでしょうか。

栗木　そうでしょうね。紫式部も幼い時からすごく優秀で、それが誇りになる反面、女性があまり出過ぎてもいけないという葛藤《かっとう》があった。

酒井　「歌はもう詠みません宣言」を清少納言はしていましたけれど、和歌は嗜《たしな》みで、メールのような手段でもありました。

栗木　紫式部と違って清少納言は、男の貴族ときわどい歌のやりとりを喜んでやってますし、当意即妙の歌の返しはしていたと思います。清少納言の、

夜をこめて鶏《とり》の虚音《そらね》ははかるともよに逢坂《あふさか》の関は許さじ

孟嘗君《もうしょうくん》の故事を踏まえたウィットのきいた歌だけど、私は少しもいい歌だとは思わない。だから定家《ていか》も清少納言の歌としてこれを百人一首に採ったのは、ここまでの歌人としか思っていなかったのではないか。

酒井　頓智《とんち》は感じられ、乾いた感じがします。それがきっと同性に好かれる部分でもあるのかなと思いますね。

空気の読めない道綱母

栗木　『蜻蛉日記《かげろう》』の道綱母は文才の人。和歌の才能というよりは、内面のドラマを表現することに秀でている。嫉妬《しっと》の苦しみなんて現代にも通じる精神性の深みに降りていくことの出来た人。でも空気の読めない人ですよね（笑）。

酒井　狭い世界で生きていて、自分の感情の中にどっぷり浸《ひた》っていた感じがします。

栗木　時の権力者・藤原兼家《かねいえ》の妻の一人で、男の子供も生まれて、美女の誉れも高く、才女でもあった。もうちょっとゆったりとしていればいいと思うんですけど。

酒井　母子密着ぶりも、気になります。

栗木　それも現代に通じるところがありますね。

酒井　夫の愛を失って子供への愛に向かう。

栗木　兼家の正室に頓珍漢な和歌を贈ってますよね。

酒井　「お互い辛いですよね」みたいな（笑）。

栗木　あなたに言われても（笑）。世間知らずと言えば、そういう意味では可愛い女性だったのかもしれないけど、女の友だちは少なかったのではないかな。

酒井　紫式部や清少納言みたいに宮仕えもしていないし、夫との関係のみに生きていたというところに不幸があったのではないでしょうか。

栗木　待つだけの身ですからね。紫式部は夫が早くに亡くなってしまったという不幸があったけど、その方が一人の男に縛られずにすんだという意味ではラッキーだったかもしれないですね。

酒井　では、歌について見てみると、紫式部はどういった評価なのでしょうか。

栗木　ちょっと淡いかなという感じ。百人一首に入っている〈めぐりあひて見しやそれともわかぬ間に　雲がくれにし夜半《よは》の月影〉。幼なじみと久々に会ったときの歌で、巡り会ったと思ったらすぐに去ってしまったというような意です。形はきちっとなっているけど優等生的な感じ。当時は様式美があって良かったのかもしれないですけど。

酒井　日記では、和泉式部の歌について、なかなかよく詠んでいるといったことを書いています。批評眼はあったのでしょうね。

栗木　『源氏物語』で登場人物に応じてあれだけ和歌も作り分けているわけですからね。

オタクの元祖孝標女

酒井　この本を書いていて一番意外に思ったのは、菅原孝標女でした。単なる文学少女というより、もっと深掘り気質がある。『更級日記』だけでなく、色々な物語を書いていたという説もあります。

栗木　今でも夢見るオタク少女、いますよね。自意識過剰で、のめりこんでゆくタイプ。このタイプはお姫様抱っこに憧《あこが》れるような傾向があります。私、大嫌いなんです、お姫様抱っこを待っているような女性は（笑）。

酒井　今だったら、少女漫画とかBLにはまっていたタイプかも。

栗木　私はディズニーアニメが大好きだから、えらそうなことは言えません。今でも「アラジン」を見ると、魔法の絨毯《じゅうたん》に誰と乗りたいかなと思います。

酒井　「アラジン」は、お姫様抱っこではないですね（笑）。

栗木　男性に運命を託すというのは、『源氏物語』で言えば夕顔《ゆうがお》とか浮舟《うきふね》、そういうなよなよとした女になる。男の人からすると、そそられる女なのかもしれないけど。

酒井　お姫様抱っこでどこかに連れ去られていくのは、身分が低い、舐《な》められやすい女性達。高貴な人は、決して連れ去られません。

栗木　乳母《めのと》とか女房が周りにいますから。そういう人が手引きするわけです。自分がお仕えしているお姫様にとって、この貴公子が忍んで来てくれればいいだろうと計算していた。身分が低い人にはそういう人がほとんどいないから防備上つけこまれる。

酒井　夕顔とか浮舟は、容易に連れ去られる。そこに読者は、ちょっとうっとりしがちです。

栗木　憧れますけどね。何某《なにがし》の院とかいう古い屋敷に連れ込まれて、夕顔はけっきょくそこで命を落としますから、哀れですよ。夕顔という花は、あとで実から干瓢《かんぴょう》を作るでしょ。そういう生活と関連した名前は当時は身分が低いとされていました。住んでいたのも五条《ごじょう》あたりで、内裏のある辺りから離れた所。若い光源氏《ひかるげんじ》にとっては、自分の住む世界とは違う世界へのファンタジーもあるわけです。

酒井　京都に、夕顔町《ゆうがおちょう》という場所があります。夕顔が住んでいた辺り、と想定されるようなのですが。そこに「夕顔」と名のつくアパートがあって、現代の夕顔が住んでいるかもしれないと思うと、ちょっとうっとり……。

栗木　お姫様抱っこを待っているのかもしれない（笑）。

五人の好きな順位は

栗木　酒井さんは誰に一番感情移入をされたんですか。やっぱり清少納言ですか。

酒井　はい、二番目が孝標娘ですね。私は、和泉式部とか道綱母みたいな恋多き系の女性よりは、乾き気味の女性の方が、親近感を覚えます。三番は和泉式部。紫式部は最下位になっちゃう（笑）。会ったら自分の腹黒さなどが、全部あぶり出されそうで。

栗木　私は先程も言いましたように、会ってみたいのは和泉式部で、私の歌を批評してもらいたい。そのとき赤染衛門《あかぞめえもん》も一緒に来てくれたらいいな（笑）。和泉式部はマイペースの人みたいな感じで、赤染衛門みたいな世話好きで親切な人が来て調整役。風光明媚《めいび》なところで一晩旅館にでも泊まって歌仙でも巻いて。

酒井　豪華鼎談《ていだん》ですね。

栗木　二番目は清少納言かな。少しいらっとするけど、こちらの自慢もさらっと受け止めて、良かったねと言ってくれそうな気がしますね。似ているのは紫式部。こんな文才は私にはないけど、不幸を自分のエネルギーにするとか、根底にある着火点が似ていると思う。私も幸せな時は歌ができない。

酒井　やっぱり書く方って、みんな不幸好きなんですね。
栗木　酒井さんも?
酒井　もちろんそうです。不幸に見舞われると筆が弾む、みたいな（笑）。千年前も今も、不幸は創作のエネルギー源。平安時代は不幸豊かな時代だったからこそ、女性達の文芸作品も花開いたのかもしれませんね。

初出「短歌」（2019年12月号）
（一部加筆修正しました）

本書は、二〇一九年五月に小社より刊行された単行本を加筆修正のうえ、文庫化したものです。

各章扉裏に付した作者の情報は、『角川新版　日本史辞典』によりました。

本文中の古典原文は角川ソフィア文庫『新版　枕草子　現代語訳付き（上・下）』『源氏物語　現代語訳付き（一〜十）』『紫式部日記　現代語訳付き』『更級日記　現代語訳付き』『新版　蜻蛉日記　現代語訳付き（I・II）』『和泉式部日記　現代語訳付き』から引用しました。

平安《へいあん》ガールフレンズ

酒井順子《さかいじゅんこ》

令和３年 12月25日　初版発行
令和６年 12月15日　５版発行

発行者●山下直久

発行●株式会社KADOKAWA
〒102-8177　東京都千代田区富士見2-13-3
電話　0570-002-301（ナビダイヤル）

角川文庫 22952

印刷所●株式会社KADOKAWA
製本所●株式会社KADOKAWA

表紙画●和田三造

●お問い合わせ
https://www.kadokawa.co.jp/（「お問い合わせ」へお進みください）
※内容によっては、お答えできない場合があります。
※サポートは日本国内のみとさせていただきます。
※Japanese text only

ISBN 978-4-04-111639-5　C0195

◆◇◇

角川文庫発刊に際して

角川源義

第二次世界大戦の敗北は、軍事力の敗北であった以上に、私たちの若い文化力の敗退であった。私たちの文化が戦争に対して如何に無力であり、単なるあだ花に過ぎなかったかを、私たちは身を以て体験し痛感した。西洋近代文化の摂取にとって、明治以後八十年の歳月は決して短かすぎたとは言えない。にもかかわらず、近代文化の伝統を確立し、自由な批判と柔軟な良識に富む文化層として自らを形成することに私たちは失敗して来た。そしてこれは、各層への文化の普及滲透を任務とする出版人の責任でもあった。

一九四五年以来、私たちは再び振出しに戻り、第一歩から踏み出すことを余儀なくされた。これは大きな不幸ではあるが、反面、これまでの混沌・未熟・歪曲の中にあった我が国の文化に秩序と確たる基礎を齎らすためには絶好の機会でもある。角川書店は、このような祖国の文化的危機にあたり、微力をも顧みず再建の礎石たるべき抱負と決意とをもって出発したが、ここに創立以来の念願を果すべく角川文庫を発刊する。これまで刊行されたあらゆる全集叢書文庫類の長所と短所とを検討し、古今東西の不朽の典籍を、良心的編集のもとに、廉価に、そして書架にふさわしい美本として、多くのひとびとに提供しようとする。しかし私たちは徒らに百科全書的な知識のジレッタントを作ることを目的とせず、あくまで祖国の文化に秩序と再建への道を示し、この文庫を角川書店の栄ある事業として、今後永久に継続発展せしめ、学芸と教養との殿堂として大成せんことを期したい。多くの読書子の愛情ある忠言と支持とによって、この希望と抱負とを完遂せしめられんことを願う。

一九四九年五月三日

角川文庫ベストセラー

バブル・コンプレックス　酒井順子

それは「企業のお荷物」なのか、「時代の道化役」なのか、「昭和の最下級生」なのか、「消費の牽引役」なのか。バブル時代に若き日を過ごした著者が自身の心身に染み込んだバブルの汁を、身悶えしつつ凝視！

はなとゆめ　冲方丁

28歳の清少納言は、帝の妃である17歳の中宮定子様に仕え始めた。宮中の雰囲気になじめずにいたが、定子様に導かれ、才能を開花させる。しかし藤原道長と定子様の政争が起こり……魂ゆさぶる清少納言の生涯！

職業別 働く女性の恋愛リアル　柴門ふみ

女性が就職を考えるとき、収入、仕事内容だけでなく、その仕事を通してどんな男性と恋愛、結婚できるのか――。過酷な現実の中、よく働きよく恋する頼もしい女子たちの現実を柴門ふみが職業別に徹底取材。

そうだ、やっぱり愛なんだ
50歳からの幸福論　柴門ふみ

「平凡な日常の中にこそ、愛がある。私が愛しているものは、家族、友人、表現すること。愛があれば、嫌なことや面倒も乗り越えられる」真似したい先輩No.1！の柴門ふみが放つ幸福論。

オトナのたしなみ　柴門ふみ

若い頃の数々のイタイ経験から学んだ漫画家・柴門ふみが、後輩女子に向けて書いたオトナ流儀。『「あるある」がいっぱい！』『まるで自分と夫のよう』等々、共感・納得の声多数の痛快エッセイ集！

角川文庫ベストセラー

むかし・あけぼの（上）（下）　田辺聖子

美しいばかりでなく、朗らかで才能も豊か。希な女主人の定子中宮に仕えての宮中暮らしは、家にひきこもっていた清少納言の心を潤した。平成の才女の綴った随想『枕草子』を、現代語で物語る大長編小説。

おちくぼ姫　田辺聖子

貴族のお姫さまなのに意地悪い継母に育てられ、召使い同然、粗末な身なりで一日中縫い物をさせられている、おちくぼ姫と青年貴公子のラブ・ストーリー。千年も昔の日本で書かれた、王朝版シンデレラ物語。

乙女の日本史　堀江宏樹　滝乃みわこ

日本は元々肉食女子×草食男子の国!? 額田王にみる不倫哲学、ヤンキーだらけの平安貴族、「お兄ちゃん大好き」弟義経の涙、「婚期を逃した女」茶々のいばら道。ゴシップ満載で日本史がより面白くなる！

乙女の日本史　文学編　堀江宏樹　滝乃みわこ

教科書で習ったあの名作も、乙女の目線で読み解けば、こんなにスキャンダラスで面白い。肉食系女流歌人に、悶絶ラブレターを送った文豪まで。書き下ろしコラム「明治から平成まで♥イケメン文豪図鑑」を収録。

砂子のなかより青き草　清少納言と中宮定子　宮木あや子

「女が学をつけても良いことは何もない」時代、共に息苦しさを感じていた定子となき子（清少納言）は強い絆で結ばれる。だが定子の父の死で一族は瞬く間に凋落し……平安絵巻に仮託した女性の自立の物語。

角川文庫ベストセラー

全訳 源氏物語 新装版（全五巻）　紫式部　與謝野晶子＝訳

寛弘5（1008）年11月、中宮彰子の親王出産に沸く藤原道長の土御門邸。宴に招かれた藤原公任が女房達の前に姿を見せる。「このわたりに若紫やさぶらふ」。ロングセラーを新装版化！

無印結婚物語　群ようこ

有利なチャンスをつかもうと挑んだお見合い結婚。〝愛の力〟を信じて決断した恋愛結婚……小さなやすらぎと大きな不満が錯綜する〝結婚〟という十二のドラマチック・ストーリー。

三味線ざんまい　群ようこ

固い決意で三味線を習い始めた著者に、次々と襲いかかる試練。西洋の音楽からは全く類推不可能な旋律、はじめての発表会での緊張――こんなに「わからないことだらけ」の世界に足を踏み入れようとは！

欲と収納　群ようこ

欲に流されれば、物あふれる。とかく収納はままならない。母の大量の着物、捨てられないテーブルの脚に、すぐ落下するスポンジ入れ。家の中には「収まらない」ものばかり。整理整頓エッセイ。

老いと収納　群ようこ

マンションの修繕に伴い、不要品の整理を決めた。壊れた物干しやラジカセ、重すぎる掃除機。物のない暮らしには憧れる。でも「あったら便利」もやめられない。老いに向かう整理の日々を綴るエッセイ集！

でも、はらださんは、この二人の物語の最後に、オープンカーを運転して海を見に行く一人の女の子の絵を添えているのだ。そう、この子が清姫だ。安珍への執着も、鐘を焼く業火もない。「体が軽い。夏の水田がざっと広がりとても眩しい。山が青い。風が気持ちいい。もうすぐ、海が見えるよ。」という文章が添えられている。え？なに？　安珍・清姫の話が、どうなるとここに到達するわけ？

もちろん、いま、わたしは、間をすっぽかして書いたから、わけがわからなくなっているのだけれども、道成寺の鐘炎上から、「海が見えるよ」に持っていく、はらださんの想像が、とてもいい。とてもいいのだ。

清姫は、安珍に騙された。それで怒って蛇になる。そこではらださんは考えるのだ。「蛇は女の子よりも魅力的でないものなのだろうか。蛇になるのは哀れなことなのだろうか」と。

清姫は失恋してわれを忘れ、しかし、いままで知らなかった自分に気づいたのだと。「過去の清姫には川を渡る力も火を噴く力もなかったのに、今はできる。彼女は確かに挫折したが、同時に予想もしていなかった成長を遂げた」と。

ああ、そうだ。そういうことはある。失恋というのは、ほんとにつらい、痛い、経験である。でも、その痛みの中で、自分にはなにか、それまで知らなかったパワーがあることを知るというような体験に、覚えのある人は多いんじゃないだろうか。月並みだけれども、長い髪をばっさり切る決意をするとか、腐れ縁の男と別れるために海外留学を決めるとか。あるいは、たんに、自分を騙していた男に強烈な怒りをぶつける行為そのものが、それまで静々《しずしず》と男に都合よくおとなしくしていた自分からの解放であるというようなことを、わたしたちは体験的に知っていないだろうか。

もしも、「蛇に変わる」というのが、ある種の「成長」であるならば、清姫は安珍に執着して受け入れられなかった痛みを超えていけるのではないかと、はらださんは言うのだ。髪を切り、一人でスポーツカーを運転して海を見に行く強さを、清姫は身につける。それは、一度、強い怒りと悲しみをくぐらなければ得られないものだ。人は、いつまでも「女の子」ではいられない。

そんな、はらだ目線で見ると、昔話の女の子たちの奇妙で不可解な行動は、理由のあることに思えてくる。友だちのような気がしてくる。

そして、自分が壁にぶち当たったときに、「いまだよ。蛇になっちゃいなよ」なんて、助言をくれる存在にすら思えてくるのだ。

ヤバい女の子たちは、こうして、あなたの味方になるのである。

本書は、二〇一八年六月に柏書房より刊行された単行本『日本のヤバい女の子』を改題のうえ、文庫化したものです。

日本《にほん》のヤバい女《おんな》の子《こ》

覚醒編《かくせいへん》

はらだ有彩《ありさ》

令和3年 9月25日　初版発行
令和6年 9月20日　再版発行

発行者●山下直久

発行●株式会社KADOKAWA
〒102-8177　東京都千代田区富士見2-13-3
電話　0570-002-301（ナビダイヤル）

角川文庫 22824

印刷所●株式会社KADOKAWA
製本所●株式会社KADOKAWA

表紙画●和田三造

●お問い合わせ
https://www.kadokawa.co.jp/（「お問い合わせ」へお進みください）
※内容によっては、お答えできない場合があります。
※サポートは日本国内のみとさせていただきます。
※Japanese text only

ISBN 978-4-04-111649-4　C0195

JASRAC 出 2106595-402

◆◇◇